怪談収集家《かいだんしゅうしゅうか》 山岸良介《やまぎしりょうすけ》と学校《がっこう》の怪談《かいだん》

作　緑川聖司
絵　竹岡美穂

ポプラ ポケット文庫

もくじ

一 白い手……5
二 傘女《かさおんな》……36
三 黒い子ども……100

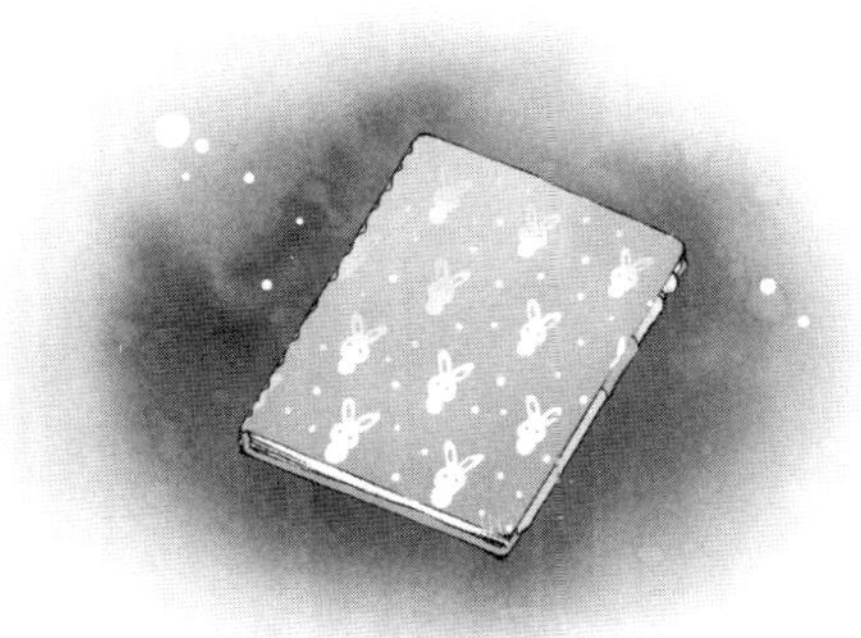

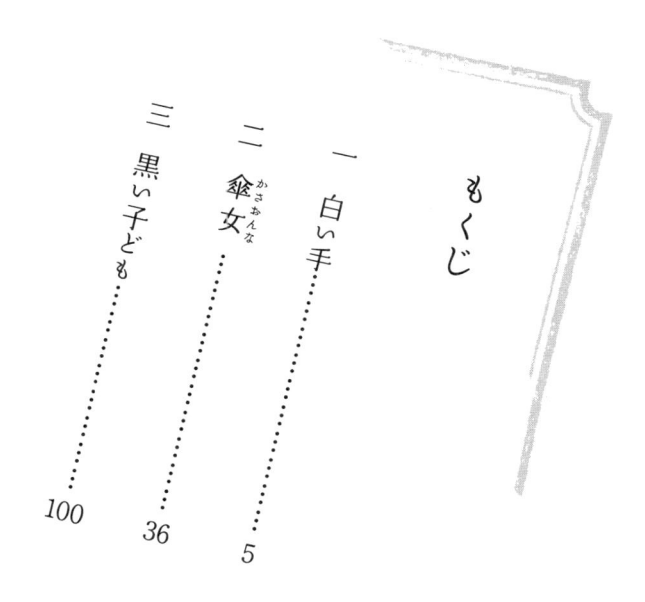

Poplar
Pocket
Library

四　呪《のろ》いのエリーゼ……114
五　体育館の子ども……133
六　学校の怪談《かいだん》大集合……169

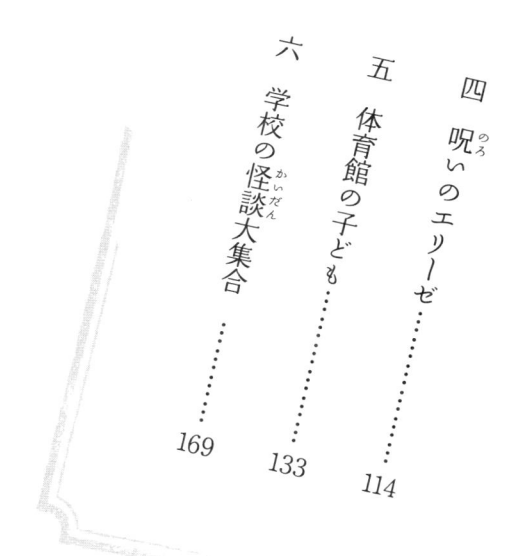

登場人物

山岸良介《やまぎしりょうすけ》

怪談収集家《かいだんしゅうしゅうか》。全国の“本物”の怪談を集めて「百物語」の本を完成させることが仕事。

高浜浩介《たかはまこうすけ》

山岸《やまぎし》さんの助手《じょしゅ》をつとめる小学5年生。とくべつな霊媒体質《れいばいたいしつ》。

山岸さんの秘書《ひしょ》

右はあわい金色で、左は海のような青色の目を持つ。

園田絵里《そのだえり》

「怖《こわ》い話」が大好きで活発な女の子。浩介の幼《おさな》なじみ。

狭間慎之介《はざましんのすけ》

浩介の同級生。5年前、浩介と共に怖い目にあい、以来怪談嫌《ぎら》い。

一　白い手

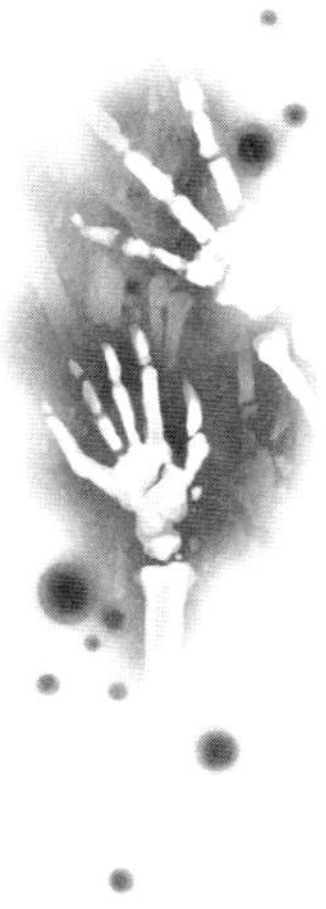

「よーい……ピッ！」
力強いふえの音に、ぼくは低い姿勢《しせい》から、思い切り地面をけって走りだした。
頭上には、秋晴れの空が広がっている。
今日の体育は、百メートルのタイム測定《そくてい》だ。
砂《すな》ぼこりのまうグラウンドを、ぼくは前のめりになりながら、けんめいに走った。
となりのコースを走る慎之介《しんのすけ》が、チラッと視界《しかい》に入る。
ぼくたちは、ほとんど同時に、ひとつ目のカーブにさしかかった。
息が切れて苦しくなってくるけど、腕《うで》を大きくふって、スピードをあげる。
もつれそうになる足を必死で前にだしながら、慎之介から少しおくれて、ふたつ目のカ

ーブをまがろうとしたとき、

（えっ？）

からだが、ガクン、とひっぱられるような感覚があって、気がつくと、ぼくは頭からなげだされるように、グラウンドにたおれていた。

なにが起こったのか、わけがわからないまま、砂《すな》まみれになったからだを起こしていると、

「だいじょうぶか？」

カーブを走りぬけていた慎之介《しんのすけ》が、とちゅうで方向転換《ほうこうてんかん》してもどってきてくれた。

「うん……あいててててて……」

慎之介に手をひっぱってもらって立ちあがりながら、ぼくは顔をしかめた。

ひざは派手《はで》にすりむいているし、たおれたときに強くうったせいか、右肩《みぎかた》があまりあがらない。

「おーい、だいじょうぶかー」

ゴール地点でストップウォッチをかまえていた担任《たんにん》の三浦《みうら》先生が、あわててかけよってきた。

先生は、ぼくのけがの具合をたしかめると、

「これは、保健室にいったほうがいいな」

といった。

「わたし、案内します」

いつのまにか、先生のうしろについてきていた園田《そのだ》さんが、元気よく手をあげる。

結局、慎之介《しんのすけ》にも肩《かた》をかしてもらいながら、ぼくたちは保健室へとむかった。

授業中《じゅぎょうちゅう》のだれもいないろう下を、ふたりにはさまれるようにして歩いていると、

「ねえねえ」

園田さんが、なぜかうれしそうにぼくの顔をのぞきこんできた。

「いま、カーブで急にころんだみたいだったけど、なにかあったの？」

「それが、よくわからないんだ……」

ぼくは首をひねった。

たしかにカーブをまがろうとして、からだをかたむけてはいたけど、足をすべらせたわけでも、なにかにつまずいたわけでもない。

それなのに、右足がとつぜんだれかに強くつかまれたみたいにうごかなくなったのだ。

「そっか……やっぱりね」

ぼくの話をきいて、園田《そのだ》さんはうんうんとうなずいている。

「でも、あれはただの噂《うわさ》だろ？」

慎之介《しんのすけ》があわてた様子で口をはさんだ。

「だって、ちゃんとここに証人《しょうにん》がいるじゃない」

園田さんが首をふって、ぼくの肩《かた》をぽんとたたく。

「あの……」

ふたりのやりとりに、いやな予感《よかん》をおぼえながら、ぼくはおそるおそる口をはさんだ。

「それって、もしかして……」

「うん」

学校一の怪談《かいだん》好き——というより、怪談マニアの園田さんが、うれしそうに笑っていった。

「それはきっと〈白い手〉のしわざね。学校につたわる怪談のひとつで、グラウンドを走っていると、第二コーナーから白いガイコツの手がでてきて、足をひっぱるの」

多々良《たたら》小学校の五年二組に転校してきて、もうすぐ半月がたとうとしていた。

夏休み明けという中途半端《ちゅうとはんぱ》な時期の転校に、クラスにうまくなじめるか不安もあったんだけど、もともとこの街には幼稚園《ようちえん》のときに住んでいたこともあって、思ったよりもすんなりととけこむことができた。

とくに、幼稚園のときに同じぱんだ組で、なかよくしていた園田《そのだ》さんと慎之介《しんのすけ》とは、夏休みの間に再会《さいかい》していたので、二学期がはじまるころには、すっかりなかよくなっていた。

だから、学校生活はすこぶる順調だったのだ。

ただひとつ、やたらと怪談《かいだん》に縁《えん》があることをのぞけば……。

「失礼しまーす」

園田さんが元気よく保健室のドアをあけると、

「あらあら、どうしたの？」

保健の松田《まつだ》先生が、砂《すな》だらけのぼくの姿《すがた》を見て、目をまるくした。

「第二コーナーでころんだんです」

園田《そのだ》さんが、『第二コーナー』のところを強調しながら、ぼくを先生のむかいに座《すわ》らせる。

白衣《はくい》姿《すがた》の先生は、

「え？　また？」

気になるせりふを口にして、表情《ひょうじょう》をくもらせた。

「また……って、どういうことですか？」

ぼくがたずねると、

「じつは……」

先生は、たなから薬をとりだしながら、校庭でころんで保健室にやってきたのは、今日だけで三人目なのだといった。

「しかも、どういうわけか、みんな第二コーナーのあたりでころんでるのよ」

「しかたないですよ。だって、あの第二コーナーですから」

てぎわよく傷口《きずぐち》を消毒《しょうどく》しながら、首をひねる先生に、園田さんは意味ありげにいった。

「あ……おれ、そろそろもどらないと」

慎之介《しんのすけ》がそういって、ぼくに「じゃあな」と手をあげると、保健室からにげるようにでていった。

園田《そのだ》さんとはぎゃくに怪談《かいだん》が苦手な慎之介は、いまから園田さんがなにを話そうとしているか、気配で感じとったのだろう。

治療《ちりょう》のとちゅうでにげられないぼくが、くちびるをかんで、そのうしろ姿《すがた》を見送っていると、

「第二コーナーには、こんな話がつたわってるの」

園田さんはそう前置きをして、とめるまもなく語りはじめた。

「いまから二十年くらい前の話らしいんだけど……」

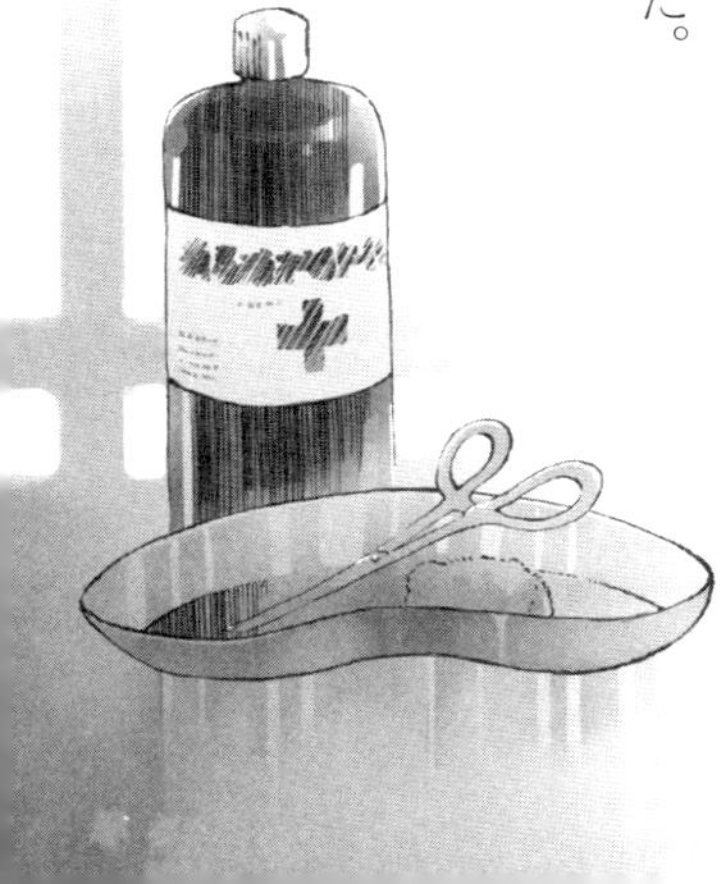

『白い手』

「はあ……」

おふろあがりに、体重計にのった詠美《えみ》は、表示《ひょうじ》された数字を目にしてためいきをついた。

六年生になってから、おやつをがまんして、ごはんの量もへらしているのに、体重がなかなかへらないのだ。

お母さんは、成長期なんだから、ダイエットなんかやめなさいというけど、将来《しょうらい》モデルになりたいと思っている詠美は、なんとかしてやせたかった。

考えた末、詠美はジョギングをはじめることにした。

だけど、人の多い時間帯に街中を走るのはちょっとはずかしいし、かといって人が少ない早朝や夜おそくは、あぶないからと親に反対される。

そこで、詠美はちょうど夏休みに入った学校のグラウンドで走ることにした。

つぎの日の朝。

当番の先生にたのんで、学校に入れてもらった詠美《えみ》は、準備《じゅんび》運動をしてから走りはじめた。

真夏の太陽は、朝からはげしくてりつけている。

一周目で、早くも大つぶの汗《あせ》を流していると、

「ねえ。わたしもいっしょに走っていい？」

いつのまにあらわれたのか、同い年ぐらいの女の子が、ならんで走りながら声をかけてきた。詠美は、

（この子もダイエットかな？）

と思いながら、

「うん。いいよ。いっしょに走ろう」

といった。

女の子は、走りながらいろいろと話しかけてきた。

詠美もきかれるままに、食事をへらしてもやせないことや、今日からジョギングをはじめたことを話した。

女の子は笑って、

「わたしもいっしょ。ダイエットしたくて、ジョギングをはじめたの」

そういうと、急に声を低くして、足もとを指さした。

「ねえ、知ってる？　この下には、たくさんの人のお骨《こつ》がうまってるんだって」

「まさか」

詠美《えみ》は息をきらしながら、少しひきつった笑みをうかべた。

「だって、お墓《はか》があったのは、裏山《うらやま》なんでしょ？」

テンポよく走りながら顔をあげると、校舎《こうしゃ》のむこうに、緑におおわれたなだらかな山が見える。

去年、課外授業《じゅぎょう》で近くのお寺に話をききにいったとき、いまから何百年も前、あの裏山に墓地《ぼち》がつくられたことがあったのだと、住職《じゅうしょく》さんに教えてもらったのだ。

お寺のお墓がいっぱいになって、お墓がたりなくなったらしい。

ただ、裏山に墓地ができたのは一時的なもので、すぐに別の場所に新しい墓地をつくって、お骨はそこにうつされたと住職さんはいっていた。

「たしかに、お墓はいまはもうないわ」

息切れする様子も見せずに走りながら、女の子はいった。

「でもね、お墓《はか》をうつす前に、ある事件《じけん》が起きたの」

それは、ある年の秋のことだった。

大きな台風が直撃《ちょくげき》したせいで地すべりが起こり、裏山《うらやま》の土砂《どしゃ》が、いま学校がある場所まで流されてきたのだ。

「そのときに、お骨《こつ》もいっしょに流されてきたの。もちろん、台風がすぎてから回収《かいしゅう》はしたんだけど、昔のことだから、全部はみつけられなかったのよ。だから、この学校の下には、いまでもたくさんのお骨がうまっているの」

彼女《かのじょ》の真にせまった話し方に、詠美《えみ》はゾッとして足もとを見た。

この下に骨《ほね》がたくさんうまってるかもしれないと思うと、なんだか気持ち悪い。

もうジョギングをやめて帰ろうかと思っていると、

「ところで、どうしてお寺の墓地《ぼち》がいっぱいになったんだと思う？」

となりを走っていた彼女が、とうとつにそんなことをきいてきた。

「さあ……」

詠美《えみ》が言葉少なに首をかしげると、

「昔、この土地をひどい飢饉《ききん》がおそったの」

女の子は一方的に話しだした。

飢饉というのは、雨がふらなかったり、反対に雨がふりすぎたりして、農作物がとれず、食べるものがなくなることだ。

「たくさんの人たちが、食べ物が食べられずに、命を落としていった……村では死人がふえ、ついにはお墓《はか》に入りきらなくなって、しかたなく裏山《うらやま》にお墓をつくったの。つまり、グラウンドの下にうまっているのは、飢《う》え死《じ》にした人たちのお骨《こつ》なのよ。だから……」

女の子はスピードをあげて詠美の前にまわりこむと、立ちはだかるように足を止めて、詠美に顔を近づけた。

「食べるものがあるのに、やせようとしてる人を見ると、怒《おこ》って土の中に引きずりこもうとするの」

つぎの瞬間《しゅんかん》、詠美は悲鳴をあげた。

女の子の顔がずるずるとくずれて、下からガイコツがあらわれたのだ。

「ねえ……わたし、やせたでしょ？」

ガイコツが、にっこり笑いかけてくる。

「きゃ————っ！」

悲鳴をあげてあとずさろうとした詠美《えみ》は、なにかに足をとられて、その場にしりもちをついた。

足もとに目をやった詠美は、また悲鳴をあげた。

足首を、白い骨《ほね》の手がつかんでいたのだ。

地面をはうようにして、なんとかにげようとしていると、今度は手首が、骨の手にがっしりとつかまれた。

いやいやをするように肩《かた》と首をふる詠美をとりかこむように、地面のあちこちから無数《むすう》の骨の手がとびだしてきて、詠美の腕《うで》を、肩を、腰《こし》をつかむ。

まるでどろのようにやわらかくなった土の中にズブズブとひきこまれながら、詠美は意《い》識《しき》を失った。

気がついたのは、ベッドの上だった。

悲鳴に気づいた先生がかけつけて、地面に半分うまりかけていた詠美《えみ》を助けてくれたのだ。

詠美の話をきいた先生が、半信半疑《はんしんはんぎ》でグラウンドをほり起こしてみると、土の中からたくさんの骨《ほね》がでてきた。

後日、お寺にかくにんすると、裏山《うらやま》が土砂崩《どしゃくず》れにあったとき、多くのお骨《こつ》が行方不明《ゆくえふめい》になっていたことがわかった。

その後、学校ではお坊《ぼう》さんをよんで、てあつく供養《くよう》してもらったということだった。


「しかもね……」

園田《そのだ》さんはささやくような声でつけくわえた。

「そのときに見つかった骨《ほね》の中に、ひとつだけ、まだ新しい子どもの骨がまじってたんだって」

「新しい骨？」

ぼくは眉《まゆ》をひそめた。

「うん」

じつは、そのできごとからさらに何年か前、ダイエットのためにジョギングをしてくるといって、家をでたきりもどってこなかった女の子がいたらしい。

「その女の子の骨じゃないかっていう噂《うわさ》なんだけど……」

「でも、お坊《ぼう》さんをよんで供養《くよう》してもらったんだから、もうだいじょうぶなんじゃないの？」

ぼくが反論《はんろん》すると、

「それが……」

園田《そのだ》さんは身をのりだすようにしてつづけた。

「そのときに見つけられなかった骨が、まだ土の中にのこっていて、早く見つけてほしくて、頭の上を通る子の足をひっぱるんじゃないかって……」

「まさか……」

ぼくは保健室の窓《まど》から外を見た。

グラウンドでは、クラスのみんながタイム測定《そくてい》のつづきをしている。

「わたしも、まさかとは思うんだけど……」

松田《まつだ》先生が、苦笑いをうかべながら口をはさんだ。

「少なくとも、二十年前にお坊《ぼう》さんが学校にきて、校庭でお経《きょう》をあげてたのは本当よ」

「え？」

ぼくと園田《そのだ》さんは同時に声をあげた。

先生は小さく肩《かた》をすくめて、

「わたし、じつは多々良《たたら》小の卒業生《そつぎょうせい》なの」

といった。

先生によると、いまからちょうど二十年前、先生が五年生だったときに、じっさいにそういうできごとがあったらしい。

「当時も、たしかにグラウンドからガイコツの手がでてくるっていう噂《うわさ》はあったけど……わたしのまわりには、じっさいに見たっていう子はいなかったな」

そして、三年前、先生がこの学校に赴任《ふにん》してきたときには、噂自体きかなくなっていた。

ところが、最近になって、その噂がまたひろまりだしているというのだ。

「先生の立場としては、本当に骨《ほね》の手が足をつかんでるとは思いたくないけど……」

松田《まつだ》先生は眉間《みけん》にしわをよせて、ぼくの足首をじっと見つめた。

その視線《しせん》に、ぼくが砂《すな》でよごれたくつ下をおろすと、そこにはまるで、だれかが強くつかんだみたいに、指の形をしたうす紫色《むらさきいろ》のあざが、くっきりとのこっていた。

その日の夕方。
家に帰って、自分の部屋で勉強していると、
コン、コン

だれかが窓《まど》をノックした。

ぼくの部屋は二階にあって、窓の外にはベランダもなにもない。

カーテンをあけると、窓ガラスのむこうで黒ネコが、前あしをのばして窓をたたいていた。

ぼくは窓をあけると、

「いま、宿題をやってるんだけどな」

腰《こし》に手をあてて、こまった顔をしてみせた。

窓の外にある、わずかなでっぱりに器用につま先をかけた黒ネコは、あわい金色の右目と深い青色をした左目で、ぼくをじっと見つめると、ついてこいというように、ぴょんと屋根にとびおりて、となりの家との境《さかい》にある塀《へい》のむこうに姿《すがた》を消した。

ぼくはためいきをついてノートを閉《と》じると、

「ちょっととなりにいってくる」

と母さんにいって、家をでた。

となりの家は、立派《りっぱ》な日本家屋《にほんかおく》で、まわりをぐるっといけがきにかこまれている。住んでる人が留守《るす》がちなこともあって、かつては〈幽霊屋敷《ゆうれいやしき》〉と噂《うわさ》されたこともあったらしい。

もしかしたら、幽霊のほうがましだったのかもしれないけど……。

ぼくは〈山岸《やまぎし》〉と書かれた表札《ひょうさつ》を横目に門を入って、とび石をわたった。

玄関《げんかん》わきのチャイムを押《お》すと、すぐにドアがあいて、いつもと同じうす紫色《むらさきいろ》の着物《きもの》を着た山岸さんが姿《すがた》を現《あらわ》した。

「やあ、いらっしゃい。勉強しているところを悪かったね。さあ、あがって」

まるで黒ネコから事情《じじょう》をきいたような口調で、ぼくを奥《おく》の和室に通した山岸《やまぎし》さんは、ぼくの足に目をとめていった。

「足、どうかしたの？」

「ちょっと、体育の授業《じゅぎょう》で……」

「それは、もしかして……」

身をのりだす山岸さんに、

「怪談《かいだん》は関係ありませんよ」

ぼくはあわてて手をふった。

「それより、なにか用ですか？　帰って、宿題のつづきをしないといけないんですけど……」

「いや、別に用ってわけじゃないんだけど」

文机《ふみづくえ》を背《せ》にした山岸さんは、両手を着物《きもの》のたもとに入れると、

「二学期がはじまって、そろそろ半月になるから、なにかおもしろそうな怪談は見つかったかな、と思ってね」

そういって、にやりと笑った。

ぼくの隣人《りんじん》である山岸良介《やまぎしりょうすけ》さんは、怪談収集家《かいだんしゅうしゅうか》という、世にもめずらしい職業《しょくぎょう》についている。

それも、集めるのはただの怪談じゃない。

山岸さんは、本物の怪談だけを収集しているのだ。

『百物語』という一冊《さつ》の本を完成させるために、全国各地を怪談を集めてまわっているんだけど、そんな仕事でどうやって生活しているのかは謎《なぞ》だった。

そして、ぼくはある事情《じじょう》から、山岸さんの仕事をてつだっていた。

山岸さんによると、ぼくは怪談憑《つ》き——怪談をよびよせる体質《たいしつ》の持ち主らしく、しかもこの町とすごく相性《あいしょう》がいいので、怪談収集家の助手《じょしゅ》としてはうってつけなのだそうだ。

たしかに、この町にひっこしてきてからまだ二か月ほどしかたってないのに、すでにいくつもの怪談をじっさいに体験している。

それに、園田《そのだ》さんや慎之介《しんのすけ》によると、ぼくはこの町に住んでいた幼稚園《ようちえん》のころから、霊《れい》感《かん》が強かったらしい。

ぼくはためいきをつきながら、園田《そのだ》さんからきいた学校の怪談《かいだん》の中で、一番無難《ぶなん》そうな話をえらんで話すことにした。

「えっと、二宮金次郎《にのみやきんじろう》の話なんですけど……」

『銅《どう》像《ぞう》の怪《かい》』

学校の正門を入ってすぐのところに立っている、二宮金次郎の銅像には、ある噂《うわさ》があった。

金曜の夜になると、学校の中を歩きまわる、というのだ。

その証拠《しょうこ》に、月曜の朝になると、前にふみだしている足が左右入れかわっていたり、ろう下にまきが落ちていたりすることがあるらしい。

ある金曜の夜、噂をたしかめようと、O君《オーくん》がこっそり学校にしのびこんだ。

裏門《うらもん》をのりこえて、正門にまわりこんだO君は、びっくりして立ちすくんだ。

二宮金次郎の姿《すがた》が本当に消えていたのだ。

からっぽの台座《だいざ》が、月明かりにてらされている。

O君《オーくん》がぼうぜんとしていると、

「どうしたの？」

すぐうしろでかんだかい子どもの声がした。

ふりかえると、いつもは台座の上でうつむいて本を読んでいる二宮金次郎《にのみやきんじろう》が、地面に立って、まっすぐにO君を見つめていた。

「うわーっ！」

O君は、悲鳴をあげてにげだした。

そして、あいていた入り口から校舎《こうしゃ》にとびこむと、職員用《しょくいんよう》トイレの一番奥《おく》の個室《こしつ》にかくれた。

そのまま外の様子をうかがっていると、しばらくして、
ガチャン……ガチャン……

かたい金属《きんぞく》がろう下を移動《いどう》するような音がきこえてきた。

音はどんどん近づいてくると、トイレの入り口で止まった。

O君《オーくん》が、そのままじっと息をひそめていると、

ガン、ガン

今度は金属の棒《ぼう》のようなもので、トイレのドアをたたく音がきこえてきた。

「ここじゃなーい」

かんだかい声が、トイレの中にこだまする。

O君がふるえていると、またノックの音がして、つづいて、

「ここでもなーい」

と声がする。

たしか、個室《こしつ》は四つだったよな……と思っていると、となりのドアでノックの音がした。

「ここでもなーい」

（つぎはここだ……）

O君《オーくん》はトイレのすみで小さくなって、ぎゅっと目を閉《と》じた。

だけど、しばらく待っても、なにもきこえてこない。

（あきらめたのかな……）

O君が、ホッと気をゆるめたその瞬間《しゅんかん》、

バリッ！

とつぜんドアに穴《あな》があいて、にぶく光るまきがとびだしてきた。

思わずとびあがったO君が、トイレの壁《かべ》を背《せ》に声もだせずにふるえていると、ドアのわれ目から金次郎《きんじろう》が、半分だけ顔をのぞかせて、にやりと笑っていった。

「みーつけた」

気がつくと、O君《オーくん》は夜の校庭に立っていた。

月明かりが校舎《こうしゃ》をてらしている。

どうやら、トイレで気を失ってしまったらしい。

O君はうごこうとしたけど、どういうわけか、声はでないし、指一本うごかせなかった。

目の前には銅色《どういろ》の本があって、なんだか背中《せなか》がやたらと重い。まるで、まきでもせおってるみたいに……。

そこまで考えて、O君はゾッとした。

これじゃあ、自分が二宮金次郎《にのみやきんじろう》の銅像《どうぞう》になってしまったみたいじゃないか。

(だれか！　だれか、助けて！)

心の中でさけんでいると、目の前に、ひとりの男の子が現《あらわ》れた。

見おぼえのある髪型《かみがた》に、着物姿《きものすがた》のその男の子は、

「あとはよろしくね」

細い目をさらに細くしてそういうと、まるで重い荷物《にもつ》でもおろしたみたいに軽い足どりで立ち去っていった。

「なんてひどいことをするんだ」

土曜日の朝。

用務員《ようむいん》さんはぶつぶついいながら、銅像《どうぞう》の前にやってきた。

一階の職員用《しょくいんよう》トイレのドアが、棒《ぼう》のようなものでたたきわられていたのだ。

「まったく……最近の高校生ときたら……」
二、三日前、校門の前でタバコをすっていた高校生を注意した用務員さんは、それをさからみした彼《かれ》らのしわざだと思っていた。
用務員さんははげしく怒《おこ》っていたので、銅像のまきが一本へっていることにも、ふみだした足が左右ぎゃくになっていることにも、そして、顔がいままでの金次郎《きんじろう》とはちがっていることにも、まったく気づかなかった。

用務員さんが台座《だいざ》に手をかけて、力をこめると、銅像がわずかにゆれた。

最近、台座がぐらついてきて、あぶないという意見が保護者《ほごしゃ》からあったので、銅像を撤《てっ》去《きょ》することになったのだ。

用務員《ようむいん》さんは、銅像《どうぞう》にロープを何重にもかけると、クレーンでつりあげて、トラックの荷台《にだい》にのせた。

トラックが走りだす寸前《すんぜん》、

「たすけて……」

か細い子どもの声がきこえたような気がして、用務員さんはふりかえったけど、そこにはただトラックが走り去ったあとの砂《すな》ぼこりがまっているだけだった。


目を閉《と》じて話をきいていた山岸《やまぎし》さんは、ぼくが話し終わると、

「あれ？　それで終わり？」

そういって、まばたきをくりかえした。

「はい」

「それじゃあ、いまはその銅像は……」

「撤去《てっきょ》されて、もうありません」

ぼくはきっぱりとこたえた。

「それじゃあ、本物かどうか、調査《ちょうさ》にいけないじゃないか」

山岸《やまぎし》さんが残念《ざんねん》そうに口をとがらせたとき、ふすまがスッとあいて、黒のジャケットに黒のパンツという黒ずくめのかっこうをした女の人が入ってきた。

山岸さんの秘書《ひしょ》さんだ。

一見すると、ふつうの女の人なんだけど、よく見ると、右目があわい金色、左目が深い青色をしている。

ちょうど、さっきの黒ネコが人間にばけたみたいに見えるんだけど、笑われるより、みとめられることのほうが怖《こわ》くて、口にはだせなかった。

秘書さんは、ぼくと山岸さんの前に、そっと湯のみを置くと、まるでネコのように足音をたてずに部屋をでていった。

「あの学校には、おもしろそうな怪談《かいだん》がたくさんあると思ったんだけどな」

湯のみに手をのばしながら、山岸さんがいった。

「ほかにはなにか、きいてない？」

山岸《やまぎし》さんの問いに、ぼくは首をふった。

本当は園田《そのだ》さんからまだまだ怪談《かいだん》をきかされていたけど、どれも調査《ちょうさ》にいきたくない内《ない》容《よう》ばかりだったので、知らないふりをしたのだ。

すると、山岸さんはあっさりとうなずいて、

「まあ、浩介《こうすけ》くんは、学校の怪談にはあまり近づかないほうがいいかもね」

意外なせりふを口にした。

「え？」

ぼくはとまどった。いままで山岸さんは、いやがるぼくをだましたり、なだめたり、おどしたりして、怪談に無理やりかかわらせてきたのに、どういう風のふきまわしだろう。

「どういうことですか？」

ぼくがきくと、

「学校の怪談は、強力だからね」

山岸さんはいった。

「閉《と》じられた空間で語られることで、どんどん影響力《えいきょうりょく》がましていくんだ。だから、怪談《かいだん》に好かれるタイプの浩介《こうすけ》くんは、気をつけないと怪談にとりこまれるよ」

山岸《やまぎし》さんはそういって、目を細めると、おいしそうにお茶をすすった。

二　傘女《かさおんな》

つぎの日は、朝から強い雨がふっていた。

傘にあたる雨の音をききながら、足もとに注意して歩いていると、となりに人の気配がして、

「ひどい雨だね」

よくひびく低い声がきこえてきた。

顔をあげると、黒いこうもり傘をさして、ダークグレーのスーツを着た男の人が、すぐそばに立っていた。

どこかで見たことのある顔だな、と思っていると、

「学校にはもうなれたかな？　高浜浩介《たかはまこうすけ》くん」

男の人は、ぼくを見おろしてやさしくほほえんだ。

「あ、校長先生」

ぼくは思わず背筋《せすじ》をのばした。

「おはようございます」

「うん、おはよう」

校長先生は笑って、

「そんなに緊張《きんちょう》しなくてもいいよ。いつも、このぐらいの時間に登校してるの？」

といった。

「はい。あ、でも、いつもはもう少しゆっくりなんですけど……」

ぼくの父さんは、この町のスーパーで店長をしている。

いつもは自転車で出勤《しゅっきん》するんだけど、今日は母さんが車で送っていったので、ぼくも同じ時間に家をでることにしたのだ。

「それにしても、よくふるね」

校長先生は、目を細めて遠くを見つめた。

「こんなに雨がふってると、傘女《かさおんな》がでてきそうだな」

「傘女？」

ぼくがききかえすと、

「きいたことない？」

先生はぼくを見て、にっこりと笑った。

「……もしかして、怖《こわ》い話ですか？」

ぼくはおそるおそるたずねた。

「怖いかどうかは、きく人によるだろうけどね」

校長先生は、おどけたように肩《かた》をすくめると、たんたんとした口調で話しだした。

はげしい雨の中、ある男の子がひとりで学校から帰っていると、自動販売機《じどうはんばいき》のかげに赤い人かげが立っているのが見えた。

どうやら、赤いレインコートを着た女の人のようだ。

女の人は、雨の中、身うごきもせずにじっとたたずんでいる。

こんなところで、なにをしてるんだろう——不思議に思いながらも、男の子が通りすぎようとしたそのとき、女の人はとつぜん男の子の前にとびだしてきた。

そして、びっくりしている男の子にむかって、

「赤い傘《かさ》がいい？　青い傘がいい？」

ときいてきた。

（傘女《かさおんな》だ！）

男の子は、恐怖《きょうふ》でふるえあがった。

傘女というのは、最近学校ではやっている怪談《かいだん》で、雨の日になると赤いレインコートを着た女の人が現《あらわ》れて、

「赤い傘《かさ》がいい？　青い傘がいい？」

ときいてくる。

そこで「赤い傘」と答えると、傘でさされて、血だらけになって死んでしまう。

そして、「青い傘」と答えると、どしゃぶりの雨におぼれて、やっぱり死んでしまうというのだ。

だけど、まさか本当に現《あらわ》れるなんて……。

男の子は、じりじりとあとずさった。

たしか、クラスの女子が、傘女にであったときに助かる方法を話していたはずだ。

あれは、なんだったかな……。

男の子が思いだそうとしている間にも、雨ははげしくふりつづけ、赤い女は少しずつ近づいてくる。

そして、女の顔がはっきりと見えるきょりまできたとき、男の子はとっさに、

「傘なんかいらない！」

とさけんだ。すると――

「ああ、ついたね」

「え？」

校長先生が、いきなり口調を変えて立ち止まったので、ぼくもつんのめるようにして足を止めた。

顔をあげると、いつのまにか学校の正門が、すぐ目の前に見えている。

雨で前が見えにくくなっていて、いままで気づかなかったのだ。

「それじゃあ、今日も一日、がんばって」

さわやかに手をあげて、校長室のほうにむかおうとする先生に、

「ちょ、ちょっと待ってください」

ぼくはあわてて声をかけた。

「それで、その男の子は結局どうなったんですか？」

「え？　ああ、そうか。ごめんごめん」

校長先生は苦笑いをうかべてふりかえると、つづきを話しだした。

「――すると、女の人は男の子の目をじっと見つめて、こういったんだ。

『だったら、わたしのコートに入れてあげる』

男の子は、まるでたましいをぬかれたようにふらふらと、女の人のコートにすいこまれていった。

それ以来、男の子の姿《すがた》を見た人はいないそうだよ」

校長先生は、そんなふうに話をしめくくった。

雨がザーッと音をたててふっている。

「あの……つまらないことをきくようですけど……」

ぼくはおずおずと口を開いた。

「その男の子が消えたのなら、この話はどうしてつたわってるんですか？」

できれば、話の矛盾《むじゅん》を指摘《してき》して、この話が本物ではないことを証明《しょうめい》したかったんだけど、

「自動販売機《じどうはんばいき》のむかいの家に、男の子の同級生が住んでいてね。二階の窓《まど》から、ぐうぜんその様子を見ていたんだよ。その同級生は、親や警察《けいさつ》にもそのことを話したんだけど、結

局、男の子も赤いコートの女も見つからなかったそうだ。だから……」

先生はにやりと笑って、ぼくの顔を見つめた。

「傘女《かさおんな》は、まだこの町のどこかにひそんでいるんだよ」


教室に入ると、ぽん、と肩《かた》をたたかれた。

「おはよう、浩介《こうすけ》くん」

ふりかえると、園田《そのだ》さんがツインテールをゆらして立っていた。

「おはよう、園田さん」

「朝、校長先生といっしょだったでしょ？」

「なんで知ってるの？」

「校門のところで立ち話してるのが見えたから、めずらしいなと思って……なに話してたの？」

「それが……『傘女』っていう怪談《かいだん》、きいたことある？」

ぼくは机《つくえ》にかばんを置きながら、園田《そのだ》さんの顔を見た。

「傘女《かさおんな》？」

首をかしげる園田さんに、ぼくはいま先生からきいたばかりの怪談《かいだん》を話してきかせた。

園田さんは目をかがやかせて、

「知らない。たぶん、はじめてきいたと思う」

というと、

「それも七不思議に入れようかな」

そういいながら、ランドセルからピンク色のかわいらしいノートをとりだした。

「なに、それ」

ぼくがたずねると、園田さんは意味ありげにフフッと笑って、

「いまね、うちの学校の七不思議をつくってるの」

といった。

「学校の七不思議？」

ぼくはびっくりした。

園田《そのだ》さんからすでに、学校にまつわる怪談《かいだん》を二十個以上《こいじょう》はきかされていたから、七不思議はとっくにあるものだと思っていたのだ。

だけど、園田さんによると、いま通ってる学習塾《がくしゅうじゅく》で、ほかの学校の友だちと七不思議の話題になったとき、多々良《たたら》小には定番といえる七不思議がないことに気づいたのだそうだ。

「それで、今度みんなで七不思議を見せあって、どの学校の七不思議が一番怖《こわ》いか、競争《きょうそう》することになったから、この機会にちゃんとした七不思議をつくりたいなと思って……」

だけど、その競争《きょうそう》で勝ったら、自分が通ってる学校が一番怖《こわ》いということになるんじゃ……怪談《かいだん》からなるべくきょりをおきたいと思っているぼくにとっては、まったく理解《りかい》できない競争だった。

「この前の話も、ちゃんと記録《きろく》してるから」

園田《そのだ》さんは、はずんだ声でそういって、ノートをぼくのほうに開いて見せた。

ノートには、怪談のタイトルと、かんたんな内容《ないよう》がきれいな字で書かれている。

たとえば『**白い手**』の場合、

グラウンドの第二コーナーを走っていると、地面から白い骨《ほね》の手がでてきて、足をつかむ。
昔、裏山《うらやま》にあったお墓《はか》が、土砂《どしゃ》くずれで流れこんだときに、いっしょに流れてきたお骨《こつ》がまだのこっていて、上を通る人をひきこもうとしているらしい。

こんな感じで、短くまとめられていた。

ほかにも、

『おどり場の大鏡《おおかがみ》』

西校舎《にしこうしゃ》の三階と四階をつなぐ階段《かいだん》のおどり場に、大きな姿見《すがたみ》がある。

四時四十四分にこの鏡の前を通ると、鏡の中から女の子が、じっとこちらを見ていることがある。

もし女の子と目があってしまったら、ぜったいにこちらから先に目をそらしてはいけない。

鏡の中にいるのは、クラスのみんなから無視《むし》されて自殺した女の子の霊《れい》なので、目をそらしたら、無視されたと思って、怒《おこ》った女の子に鏡の中にひきこまれる。

『授業参観《じゅぎょうさんかん》』

三年三組で授業参観をしていると、だれのお母さんでもない女の人が、教室のうしろに立っていることがある。

これは、昔、仕事を早退《そうたい》して、いそいで授業参観《じゅぎょうさんかん》にむかうとちゅうで事故死《じこし》したお母さんの霊《れい》で、自分の子どもが卒業《そつぎょう》してからも、ときおり授業参観を見にきている。

とくに害はないけど、子どもは算数が苦手だったので、先生が算数のむずかしい問題《もんだい》をだすと、すごく怖《こわ》い顔になるらしい。


『こっくりさん』

三階にあるあき教室でこっくりさんをやってはいけない。

いままで、その教室では九十九回のこっくりさんがされてきたので、つぎにやると百回目になる。

同じ場所でこっくりさんを百回やると、最上級のこっくりさんがやってくる。

このこっくりさんは、すごく邪悪《じゃあく》で、よんだ人を全員不幸にするまで帰ってくれない。

『無限階段《むげんかいだん》』

午前二時二十二分に北校舎《きたこうしゃ》の階段をのぼったりおりたりすると、無限階段にとりこまれる。

何段のぼっても終わらないし、何段おりても終わらない。

鏡《かがみ》には、真実をうつす力があるので、鏡を見ながらうしろむきにすすむと、ぬけだすことができる。

と、それなりに怪談《かいだん》っぽいものから、

『理科室《りかしつ》のガイコツ』

理科室の掃除《そうじ》当番のとき、最後に窓《まど》を閉《し》め忘《わす》れると、ガイコツがかぜをひいてしまう。

三年生の男の子が、ガイコツがくしゃみをしているところを見たらしい。

『校長室のお茶会』

校長室の壁《かべ》にかけられた、歴代《れきだい》の校長先生の写真が、創立記念日《そうりつきねんび》の夜にぬけだして、校庭でサッカーをしたり、図工室でねんどをつかって遊んでいる。

また、創立記念日以外にも、学校の危機になると現《あらわ》れる。

過去《かこ》に、夜中にしのびこんで学校に火をつけようとした男をつかまえたことがあるらしい。

など、怪談《かいだん》なのか笑い話なのか、よくわからないものまで、すでに十個以上《こいじょう》の怪談が記《き》録《ろく》されていた。

「いまの怪談も、候補《こうほ》にいれておくね」

鼻歌でもうたいだしそうないきおいで、ノートにむかう園田《そのだ》さんの姿《すがた》を見ながら、ぼくは、やっぱり山岸《やまぎし》さんの助手《じょしゅ》は、園田《そのだ》さんのほうがむいてるんじゃないかな、と思った。


放課後になると、ぼくは園田さんをさそって、山岸さんの家へとむかった。

目的は、山岸さんに七不思議ノートを見せることだ。

山岸さんがつくっている『百物語』という本を完成させるには、山岸さんが本物とみとめる怪談《かいだん》を、あといくつか見つけてこないといけない。

園田さんのノートの中に、その本物の怪談があれば、本の完成——つまり、ぼくが助手から解放《かいほう》される日も近づくというわけだ。

昼すぎぐらいから小ぶりになっていた雨は、学校をでるころにはすっかりやんで、空にはところどころ晴れ間がのぞいていた。

あちこちに水たまりがのこる道を、傘《かさ》を手にして、園田さんとならんで歩く。

玄関《げんかん》のチャイムを押《お》すと、あらわれたのは山岸さんではなく、黒いパンツスーツの秘書《ひしょ》さんだった。

「ごめんなさいね。新しい怪談《かいだん》の情報《じょうほう》が入ったらしくて、けさから九州《きゅうしゅう》のほうにいってるのよ」

秘書《ひしょ》さんは、本当に申し訳なさそうに眉《まゆ》をよせた。

「あの……お帰りはいつごろになりそうですか？」

園田《そのだ》さんの問いに、

「それが、全然わからないの」

秘書さんは、小さく肩《かた》をすくめた。

「二、三日で帰ってくるときもあるし、一か月以上《いじょう》もどらないかもしれないし……」

「そうですか……」

園田《そのだ》さんは肩《かた》を落とした。

いないのならしかたがない。

ぼくたちがあいさつをして、帰ろうとすると、

「あ、ちょっと待って」

秘書《ひしょ》さんがよびとめて、にっこり笑った。

「よかったら、お茶でものんでいかない？」


「本当にごめんなさいね、せっかくきてもらったのに」

ぼくたちを奥《おく》の部屋に通すと、秘書さんはいったん部屋をでて、おぼんに湯のみをのせてもどってきた。

「こちらこそ、いきなりおしかけてすいません」

園田さんが恐縮《きょうしゅく》して頭をさげる。

「彼《かれ》になにか用だったの？」

「じつは……」

園田《そのだ》さんは、七不思議ノートをとりだすと、塾《じゅく》の友だちと七不思議のくらべっこをすることになって、学校の怪談《かいだん》をしらべているので、もし山岸《やまぎし》さんの仕事の参考になればと思ってもってきたのだと説明した。

園田さんの話をききながら、ノートに目を通していた秘書《ひしょ》さんは、とちゅうで「あら？」と手を止めた。

「どうしたんですか？」

ぼくはノートをのぞきこんだ。

開かれたページにのっていたのは、ちょうど今日書きこまれたばかりの『傘女《かさおんな》』だった。

「この話、どこかできいたことがあるような気がするんだけど……ちょっと待っててね」

秘書さんはそういって、壁《かべ》のほとんどをうめつくしているこげ茶色の本だなの前に立つと、そこから一冊《さつ》のノートをとりだした。

表紙には『多々良市《たたら》　怪談記録帳《きろくちょう》』の文字が読める。

山岸さんが収集《しゅうしゅう》した怪談を書きとめておくための取材《しゅざい》ノートだ。

秘書《ひしょ》さんは、しばらくパラパラとページをめくっていたけど、やがて、

「あ、あったあった」

と声をあげると、ぼくたちの前に座《すわ》りなおして、しずかな口調で読みはじめた。

『傘《かさ》女《おんな》』

ポツッ、と雨つぶが窓《まど》にあたる音に、わたしは顔をあげた。

読みかけていた本を机《つくえ》に置いて、窓辺《まどべ》に立つ。

朝からパッとしない天気だったけど、どうやら本格的《ほんかくてき》に雨がふりだしたみたいだ。

図書室の窓からは、だれもいない校庭と、そのむこうにある正門が見わたせる。

わたしは正門のそばに立つ人かげを見て、「あれ？」と思った。

雨にかくれて、顔や服装《ふくそう》ははっきりとはわからないけど、両手に傘を一本ずつもっているように見えたのだ。

だれかに傘《かさ》をとどけにきたのだろうか。それにしても、雨がふってきたのだから、一本は自分でさせばいいのに――そう思っていると、

「なにを見てるの？」

司書《ししょ》の峰《みね》さんが、わたしのとなりに立って窓《まど》の外を見た。

下校時刻《じこく》間近の図書室には、わたしたちしかいないので、気がねなく話ができる。

「あの人なんですけど……」

わたしは一瞬《いっしゅん》、峰さんの顔を見てから、窓の外に視線《しせん》をもどして、

「え？」

と声をあげた。

ほんの一、二秒《びょう》の間に、さっきの人かげが門の前から姿《すがた》を消していたのだ。

「だれかいたの？」

「はい。いま、門のところに……」

わたしが傘を両手にもった人かげのことを話すと、

「それ、もしかして傘女《かさおんな》じゃない？」

と、峰《みね》さんはいった。

「傘女《かさおんな》？」

「知らない？　最近、はやってるらしいんだけど……」

峰さんの話によると、傘女は雨の日に、傘をもってない人の前にあらわれて、

『赤い傘がいい？　青い傘がいい？』

ときいてくるのだそうだ。

「それで、赤い傘って答えたら、傘でさされて血だらけになって死んじゃうんだって」

「それじゃあ、青い傘って答えたらいいんですか？」

わたしがきくと、峰さんは首をふった。

「やっぱりさされて、血が全部ながれでて、まっ青になって死んじゃうらしいんだけど
……あ、もちろん噂《うわさ》よ、噂」

峰さんは、この話題をだしたことを後悔《こうかい》するみたいに、顔の前で手をふった。

「その傘女って、どういう人なんでしょう」

「――え？」

わたしのつぶやきに、峰《みね》さんはふいをつかれたようにまばたきをくりかえした。

「だって、どっちを答えても相手をさし殺すんでしょう？　雨か傘《かさ》に、なにからみでもあるのかな……」

わたしのなかばひとりごとのような疑問《ぎもん》に、峰さんはしばらく真剣《しんけん》な顔でだまりこんでいたけど、

「もちろん、これも噂《うわさ》なんだけどね……」

そう前置きをして、口を開いた。

「傘女《かさおんな》は、お気に入りだった傘をクラスメイトにすてられて、ひどい雨の中、傘をささずに帰るとちゅうで車にはねられて亡《な》くなった女の子の霊《れい》だって……」

わたしは息をのんだ。

「いじめられてたんだ……」

ザーザーと、雨の音が図書室をみたす。

「あの……ごめんね、へんな話して」

峰さんがとりなすようにそういったとき、下校を知らせるチャイムがなって、わたしは

図書室をあとにした。

人気《ひとけ》のなくなったろう下を歩いて、教室にもどったわたしは、机《つくえ》の中に手を入れて、首をかしげた。

もってきたはずの、おりたたみ傘《がさ》がなくなっていたのだ。

（まさか……）

さっきの傘女の話が頭をよぎる。

「なにしてるの？」

ドアのほうからきこえてきた声にふりかえると、クラスメイトの朱美《あけみ》が、とりまきをうしろにしたがえて、にやにや笑って立っていた。

「もう下校時刻《じこく》なんだから、早く帰らないとだめじゃないの」

わたしは無言《むごん》で朱美をにらんだ。

「なによ、その目は」

朱美《あけみ》は口調と表情《ひょうじょう》をガラッと変えて、足音を高くならしながらこちらに近づいてきた。

「……傘《かさ》をかえして」

わたしは朱美の目をまっすぐに見かえしながらいった。

「知らないわよ、あなたの傘なんか」

朱美はあざけるような笑《え》みをうかべた。

わたしはグッと両手をにぎりしめると、ゆっくりと深呼吸《しんこきゅう》をしてから、もう一度いった。

「傘をかえして。大事な傘なの」

「知らないっていってるでしょ」

朱美は顔をしかめて、いらだったようにそういうと、近づいてきたときと同じように、足音をたてながら、教室をでていった。

わたしはそのうしろ姿《すがた》を、奥歯をかみしめて、見送った。

どうせ、傘はもう朱美の手もとにはないだろう。

とりまきのだれかがもっているか、どこかにすててしまったにちがいない。

だれもいなくなった教室で、わたしはひとり、涙《なみだ》をこぼした。

朱美《あけみ》のグループに目をつけられるようになったきっかけは、正直、いまでもよくわからない。

もともと友だちが少なくて、口数の少ないわたしが、いじめやすかったのだろう。

だまってがまんしていれば、いつかはおさまるだろうと思ってたんだけど、いじめは日を追うごとにひどくなっていった。

机《つくえ》に入っていたのは、去年の誕生日《たんじょうび》にお母さんに買ってもらった、紫色《むらさきいろ》のおりたたみ傘《がさ》だ。

誕生日の一か月後、お母さんは交通事故《こうつうじこ》で亡《な》くなったので、あの傘がお母さんからもらった最後のプレゼントだったのに……。

わたしは帰りじたくをして、教室をあとにした。

だけど、帰ってもお母さんはいないし、お父さんは帰りがおそい。

それに、お父さんは最近よく、会社の後輩《こうはい》の女の人をつれて帰ってくる。

べつにお父さんがだれとなかよくしてもかまわないんだけど、その女の人が、お父さんがいるときといないときで、わたしへの態度《たいど》が全然ちがうのがいやだった。

たぶん、あの人はお父さんは好きだけど、わたしのことは好きじゃないのだ。

学校にもいたくないし、家にも帰りたくない。

暗い気持ちで、校舎《こうしゃ》をでたわたしは、雨にぬれながらとりあえず校門をぬけて学校をあとにした。

家までは、ゆっくり歩いても二十分ぐらいだ。

人通りのない道を、重い足どりで歩いていたわたしの目の前に、とつぜん人かげがあらわれた。

それは、わたしと同い年ぐらいの女の子だった。

右手には赤い傘《かさ》、左手には青い傘をもっている。

「……傘女《かさおんな》？」

わたしは彼女《かのじょ》の顔をまっすぐに見つめてきいた。不思議と、恐怖《きょうふ》はなかった。

傘女はわたしの問いかけには答えずに、無表情《むひょうじょう》のまま口を開いた。

「**赤い傘と青い傘、どっちがいい？**」

赤い傘をえらんだら、さされて血だらけになって死んでしまう。

青い傘をえらんだら、さされて血が全部流れて、やっぱり死んでしまう。

「どっちも……」

考える前に、わたしの口から自然に言葉がこぼれおちた。

傘女《かさおんな》の目が、おどろいたように見開かれる。

わたしはスッと息をすいこむと、

「どっちもちょうだい」

といって、手をのばした。

いきおいをます雨の中、傘女はしばらくうごかなかったけど、やがてゆっくりと、両方の傘をわたしのほうにさしだした。

そして、わたしが傘をうけとると、傘女はにこっと笑って、つぎの瞬間《しゅんかん》、ドサッ、という音とともに姿《すがた》を消した。

足もとを見ると、さっきまで傘女がきていた服だけが、雨にうたれている。

きっと、彼女《かのじょ》は解放《かいほう》されたのだろう。

先の見えない雨の中、わたしは傘をにぎりしめて歩きだした。

「――その夜、朱美《あけみ》という女の子は、通っていた学習塾《がくしゅうじゅく》の近くで、遺体《いたい》になって発見されたそうよ」

秘書《ひしょ》さんはそういって、話をしめくくった。

その朱美という女の子は、血だらけでまっ赤にそまっていたのだろうか。それとも、雨で血が流されて、まっ青になっていたのだろうか。

どちらにしても、ちょっと想像《そうぞう》したくない光景だった。

「その女の子のほうは、どうなったんですか?」

園田《そのだ》さんがたずねる。

「さあ……」

秘書さんはページをめくって、首をかしげた。

「そこまでは書いてないわね……たぶん、『傘女《かさおんな》』として、雨の日になると町をさまよっているんじゃないかしら」

「なんだか、かわいそうですね」

園田《そのだ》さんは、神妙《しんみょう》な顔でつぶやいた。

「まあ、怪談《かいだん》だから」

秘書《ひしょ》さんは肩《かた》をすくめて、ノートをもとの場所にもどした。

「あの……きいてもいいですか？」

園田さんが、まるで授業中《じゅぎょうちゅう》みたいに、まっすぐに手をあげた。

「なあに？　わたしでわかることだったら」

秘書さんは腰《こし》をおろしてほほえんだ。

「山岸《やまぎし》さんは、なんのために本を完成させようとしてるんですか？」

「もちろん、それが仕事だからよ」

「でも、仕事だからっていうだけじゃないような気がするんですけど……」

園田さんの言葉に、秘書さんは一瞬《いっしゅん》言葉につまったようにだまりこんだ。そして、

「たしかに、ただの仕事じゃないわね。彼《かれ》が本を完成させようとしているのは、ある人を助けるためだから」

深刻《しんこく》な声でそういった。

「ある人？」

ぼくは思わず口をはさんだ。

いちおう助手《じょしゅ》なのに、そんな話、一度もきかされたことがない。

「どういうことですか？」

「これ以上《いじょう》は、悪いんだけど、わたしの口からはちょっと……」

秘書《ひしょ》さんはおどけたしぐさで口に手をあてた。

「知りたかったら、本人に直接《ちょくせつ》きいてみて。どこまで話してくれるかはわからないけど」

だけど、きいてしまうのも、なんだか怖《こわ》い気がする。

どうしようかとまよっているぼくたちを、秘書さんはおもしろそうに見つめながらいった。

「お茶、もう一ぱいいかが？」

それから数日後。

授業《じゅぎょう》が終わって帰る準備《じゅんび》をしていると、園田《そのだ》さんが、

「いまから保健室にいってみない？」

と声をかけてきた。

なんでも、七不思議がなかなか集まらないので、卒業生《そつぎょうせい》でもある松田《まつだ》先生に話をきいてみたいというのだ。

慎之介《しんのすけ》は、今日は塾《じゅく》の小テストがあるらしく、もうとっくに帰ってしまっていた。

正直、あんまり気のりはしなかったけど、ここしばらくの経験《けいけん》から、身のまわりにある怪談《かいだん》の情報《じょうほう》は、なるべく早くに知っておいたほうが安全だということを学んでいたので、ぼくもいっしょにいくことにした。

松田先生は、園田さんの話をきくと、

「じつは、その怪談のことで、ちょっとこまってるのよ」

よわった顔でそういった。

「どうしたんですか？」

園田《そのだ》さんが問いかけると、松田《まつだ》先生は窓《まど》の外に目をむけた。

今日は朝から、雨がふったりやんだりをくりかえしていて、なんだかはっきりしない空もようがつづいていた。

「それがね……」

先生によると、『傘女《かさおんな》』の話が低学年を中心にひろまっているせいで、雨の日になると、おびえて学校にいきたくないといいだす子どもがふえているらしい。

「そんなにひろまってるんですか？」

園田さんが意外そうにいった。

ぼくも同じ思いだった。

ぼくたちのまわりでは、全然はやってる様子はなかったからだ。

「まあ、前にいた学校で、トイレの怪談《かいだん》がはやったときよりは、ましだけどね」

先生は笑って肩《かた》をすくめた。

「あのときは、トイレにいけない子どもがたくさんいて、大変だったから」

「でも、トイレの花子《はなこ》さんだったら、花子さんのトイレさえつかわなければいいんじゃないですか？」

園田《そのだ》さんの言葉に、先生は苦笑いをうかべて首をふった。

「それが、あのときはやったのは、トイレの花子《はなこ》さんじゃなくて、『赤いちゃんちゃんこ』だったのよ」

『赤いちゃんちゃんこ』

ある日の放課後のことです。

M《エム》さんが女子トイレで用をたしていると、どこからか、

「赤いちゃんちゃんこ着せましょか〜」

という声がきこえてきました。

Mさんは個室《こしつ》からでて、あたりを見まわしましたが、トイレの中には自分以外、だれもいません。

怖《こわ》くなったM《エム》さんが、トイレをとびだすと、そこにちょうど担任《たんにん》のS《エス》先生が通りかかりました。

S先生は、Mさんの話をきくと、

「だれもいないのに、声がきこえるわけないじゃない」

といって、Mさんがとめるのもきかず、その声がきこえたというトイレに入っていきました。

S先生が個室《こしつ》に入って、内側《うちがわ》からカギを閉《し》めると、

「**赤いちゃんちゃんこ着せましょか〜**」

たしかに、どこからか声がきこえてきます。

「だれ？　どこにいるの？」

S先生は声の主《ぬし》に問いかけました。ところが、

「**赤いちゃんちゃんこ着せましょか〜**」

声は、同じせりふをくりかえすばかりで、S先生の問いかけに答えようとしません。

「いいかげんにしなさい！」

S先生がはげしい口調で怒《おこ》ると、

「赤いちゃんちゃんこ着せましょか～」

同じ声が、まるですぐうしろから話しかけられているみたいにきこえてきました。

だけど、もちろん近くにはだれもいません。

先生はだんだん怖《こわ》くなってきましたが、それよりも、こんないたずらをするだれかに腹《はら》を立てていました。

だから、勇気をだして、

「着せたければ、着せればいいでしょ！」

といいかえしました。

すると――

「着せたければ、着せればいいでしょ！」

M《エム》さんがトイレの前でふるえていると、中からS《エス》先生のどなり声がきこえてきました。

すると、つぎの瞬間《しゅんかん》、

「ギャ―――ッ！」

学校中にひびきわたるような悲鳴が、トイレの中からきこえてきました。

おどろいたM《エム》さんは、あわてて職員室《しょくいんしつ》に助けをもとめました。

職員室にのこっていた先生たちも、なにが起こったのかわからないまま、とにかくトイレにかけつけてみると――

「そこには、まるで赤いちゃんちゃんこをきせられたみたいに、上半身が血だらけになったS《エス》先生がたおれていたそうよ」

松田《まつだ》先生は、ささやくような声で話をしめくくった。

部屋がシンとしずまりかえる。

どこからか、「赤いちゃんちゃんこ着せましょか〜」という声がきこえてきそうな気がして、ぼくは部屋の中を見まわした。

「これが、前の学校ではやっていたトイレの怪談《かいだん》なの」

松田《まつだ》先生は、そういって顔をしかめた。

たしかに、話をきくかぎり、どこのトイレでもあてはまりそうなので、この話を信じてしまうと、学校中のトイレがつかえなくなってしまう。

まさか、この学校でもはやったりしないよな、と思いながらとなりを見ると、園田《そのだ》さんはいつのまにか例のノートをとりだして、熱心に書きこんでいた。

「もしかして、いまの話を書いてるの？」

先生が、園田さんの手もとを見ながらいうと、

「そうなんです。多々良《たたら》小の七不思議をつくろうとしてるんですけど、なかなかいいのが集まらなくて……」

園田さんは、ペンを止めて口をとがらせた。

「もう十分じゃないかな……」

ぼくは横から手をのばしてノートを手にとると、パラパラとめくりながらいった。

「だって、もう七つ以上《いじょう》は集まってるわけだし……」

「でも、せっかくつくるなら、豪華《ごうか》な怪談《かいだん》をそろえたいじゃない」

怪談に豪華も質素《しっそ》もないと思うんだけど……そう思っていると、園田《そのだ》さんはぼくの手からノートをとりかえして、

「たとえば、こんなのもあるんだけど……」

はじめのほうのページを開いた。

『ゴールの下』

放課後、体育館のバスケットボールのゴールの下に立つと、あの世につれていかれる。

「……これだけ？」

ぼくが首をかしげると、園田《そのだ》さんは肩《かた》をすくめた。

「だれにきいたのかわすれちゃったけど、たしか、これだけだったの」

「うーん……」

ぼくはうなった。

たしかに、これだけだと、ちょっとものたりない感じはする。

「ん？」

松田《まつだ》先生がノートをのぞきこんで、

「その怪談《かいだん》、わたしもきいたことがあるような気がするんだけど……」

といった。

「この話ですか？」

園田さんの言葉に、

「たしか、その場所にまつわる因縁話《いんねんばなし》もついてたような……」

先生が眉間《みけん》にしわをきざんで、記憶《きおく》をさぐっていると、

「松田《まつだ》先生、すいません」

ドアがあいて、事務《じむ》の女の人が入ってきた。

「先日、提出《ていしゅつ》していただいた書類のことで、ちょっとご相談が……」

「あ、はい。わかりました」

先生は立ちあがってドアにむかいながら、

「思いだしてみるから、ちょっと待っててくれる？」

そういいのこして、足ばやに部屋からでていった。

「因縁話って、なんだろうね」

閉《し》まるドアに目をやりながら、ぼくがつぶやいたとき、

「あのぉ……」

どこからか、か細い声がして、ぼくたちはハッと顔を見あわせた。

「いまの……」

「浩介《こうすけ》くんもきこえた？」

　あたりをきょろきょろと見まわした園《その》田《だ》さんは、きゃっ、と短く悲鳴をあげて、腰《こし》をうかせた。

　さっきまで閉《と》じられていたベッドをかこむカーテンが細くあいて、横向きになった女の子の顔がのぞいている。

　ぼくも一瞬《いっしゅん》ドキッとしたけど、落ちついてよく見ると、ベッドで横になっているだけの、ふつうの女の子だ。

「ごめんなさい、おどかしちゃって」

　女の子は、目を細めて笑った。

　三年生くらいだろうか。色が白くておかっぱ頭の、かわいらしい女の子だった。

「こっちこそ、ごめんなさい。起こしちゃった?」

園田《そのだ》さんがあやまると、

「だいじょうぶです。もともと目はさめてましたから」

女の子はほほえんだ。そして、

「いま、お話がきこえちゃったんですけど……」

ぼくと園田さんの顔をこうごに見ながらいった。

「わたし、そのお話、知ってますよ」

「知ってるって、ゴールの下の話?」

園田さんがききかえすと、女の子は細い声で「はい」と答えて、横になったまま話しだした。

『ゴールの下』

「ほんとにやるのかよ」

用具室《ようぐしつ》の窓《まど》から、体育館の中にしのびこんだK君《ケイくん》は、ふるえる声でT君《ティーくん》に声をかけた。

肩《かた》からかけた黒いケースには、家からこっそりもちだしてきたデジタルビデオカメラが入っている。

「あたりまえだろ。ここまできて、なにびびってんだよ」

T君は、ばかにしたように笑って、壁《かべ》の時計を見た。

あと二、三分で、午後五時だ。

ふたりは『下校時刻《じこく》がすぎてから、バスケットゴールの下に立つと、あの世につれていかれる』という噂《うわさ》をたしかめるため、放課後の体育館にしのびこんでいた。

怖《こわ》い話が苦手なK君はいやがったんだけど、だれかいないと、T君が本当にゴールの下に立ったことが証明《しょうめい》できないので、無理やりつれてこられたのだ。

「そろそろ時間だな」

T君は楽しそうにいった。

「しっかりとってくれよ」

K君はビデオカメラをとりだすと、電源《でんげん》を入れて、T君にむけた。

画面の右下に、日付と時刻《じこく》が表示《ひょうじ》される。

T君《ティーくん》は大きく深呼吸《しんこきゅう》をすると、時計をもう一度チラッと見てから、ゴールの下に立った。

K君《ケイくん》は少しはなれたところから、T君とバスケットゴールがひとつの画面におさまるように、画面を調整《ちょうせい》した。

体育館の外で、鳥のなく声がきこえる。

時刻は五時二分前。

カメラにむかって手をふるT君に、K君は手をふりかえした。

心臓《しんぞう》の鼓動《こどう》がはげしくなって、手のふるえが大きくなってくる。

K君はなんども深呼吸をして、落ちつこうとした。

壁《かべ》の時計が、カチッとうごく。

あと一分だ。

さすがに緊張《きんちょう》しているのか、T君がかたい表情《ひょうじょう》で、真上にあるリングを見あげた。

K君は息をつめて、カメラをかまえた。

カチッ、と時計の針《はり》がうごき、ビデオの時刻表示が五時を知らせる。

同時にどこからか、ヒュ――――、と風を切るような音がきこえてきたかと思うと、T君《ティーくん》がのどの奥《おく》から絶叫《ぜっきょう》した。

「うわ―っ！」

K君《ケイくん》はとっさにカメラをほうりだして、ダッシュすると、T君に頭からとびこんだ。

ふたりがもつれあうようにして、体育館の床《ゆか》にたおれこむ。

ヒュ――――、という音は、天井《てんじょう》からおりてきて、そのまま床をつきぬけていった。

肩《かた》で息をしながら、K君が起きあがると、T君はほうけた顔で遠くを見つめていた。

「だいじょうぶ？」

K君が肩をゆさぶると、T君はようやくわれにかえった様子で、

「見た……」

とつぶやくと、そのまま意識《いしき》を失った。

それから三日三晩《ばん》、T君は高熱にうなされることになった。

そして、四日目。

ようやく熱がさがったT君は、おみまいにきたK君に、自分が見たものを話した。

「あのとき、天井《てんじょう》から人の顔が、おれのほうめがけて、まっすぐに落ちてくるのが見えたんだ」

T君《ティーくん》はかすれた声でいった。

「信じられないかもしれないけど……」

青ざめた顔でそういうT君の言葉に、

「信じるよ」

K君《ケイくん》はそういって、ビデオカメラをとりだした。

そして、四日前の映像《えいぞう》を再生《さいせい》して、T君に見せた。

T君の顔から、血《ち》の気《け》が引いていく。

ビデオには、まっ白な服を着た髪《かみ》の長い女の人が、さかさまになって、天井からリングの下のT君めがけて、まっすぐに落下してくる場面がはっきりとうつっていたのだ。

「これは噂《うわさ》ですけど……」

思いがけなく怖《こわ》い話をきかされて、かたまっているぼくたちに、女の子はかわらずたんたんとした口調でつづけた。

「体育館ができる前、あの場所には病院があったそうなんです。ところが、屋上からとびおりる人がたえなくて、すぐにつぶれてしまったとか……」

「それは、病気を苦にして自殺したっていうこと？」

ぼくがたずねると、女の子は横になったまま、小さく首をふるしぐさを見せた。

「とびおりた人の中には、患者《かんじゃ》さんだけじゃなく、お医者さんとか、おみまいにきただけの人もいたそうです。それから、もうひとつ不思議なのは……とびおりる場所が、いつも同じだったそうなんです」

「フェンスがこわれてたとか……」

自分でつぶやいてから、ぼくはすぐに首をふった。

フェンスがこわれていてとびおりがあれば、病院ならすぐに修理《しゅうり》するだろう。

「その場所って、もしかして……」

園田《そのだ》さんの言葉に、女の子は今度は小さくうなずいた。

「いま、バスケットボールのゴールがあるところです」

ぼくたちがだまっていると、

「じつは、この話にはもうひとつ、つづきがあるんです」

女の子はさらにつづけた。

「学校や病院ができる、もっとずっと前、ここには大きな武家屋敷《ぶけやしき》があって、たくさんの人たちがはたらいていたそうなんです。

ところが、ある日、子守り役だった女の人が、主人の子どもにけがをさせてしまいます。けが自体は、そんなにたいしたものじゃなかったんですけど、なにしろ昔のことで、その人はひどくせめられました。

そして、主人をうらむ言葉をのこしながら、庭のすみにあった井戸に身をなげて、死んでしまうんです。

その後、泥棒《どろぼう》が入ったり、主人が病気になったりと、不幸つづきになったその家は、一年もたたずにとだえてしまうんですけど、その女の人が身をなげた井戸があったのが……」

女の子は、そこで口を閉《と》ざして、ぼくたちの顔を見た。

しかたなく、ぼくがせりふのつづきを引きついだ。

「バスケットゴールの真下……だね？」

女の子は、パッと笑ってうなずいた。

つまり、もともと女の人がうらみをのこして身をなげた井戸があった場所に、とびおり自殺があいついで、いまはバスケットゴールがあるわけだ。

心霊《しんれい》スポットマップをつくるとすれば、何重丸をつければいいんだろう。

予想外の話に、ぼくたちが言葉を失っていると、

「おふたりも、気をつけてくださいね」

女の子は、きみょうに落ちついた口調でいった。

「なにに気をつけるの？」

園田《そのだ》さんがききかえすと、

「もちろん、怪談《かいだん》です」

女の子はすぐに答えた。そして、フフッと笑うと、

「あんまり怪談に近づくと、怪談にとりこまれちゃいますよ」

そういって、サッとカーテンをあけた。

ベッドの全体が見えるようになって、ぼくたちは目をうたがった。

女の子の首から下は、まるでなにもないみたいに、シーツがぺたんこになっていたのだ。シーツのわきから、いまカーテンをあけたばかりの白くて細い腕《うで》が、ぶらんぶらんと力なくゆれている。

ぼくたちが身うごきできずにいると、

「ごめんなさい、お待たせして」

ドアのあく音がして、松田《まつだ》先生が入ってきた。

「あら、もういいの？」

先生が、ふりかえったぼくたちの肩《かた》ごしに声をかける。

「はい。もうだいじょうぶです」

かわいらしい声に、またベッドのほうを見ると、さっきの女の子が、ベッドからおりてくるところだった。

もちろん、からだも足も、ちゃんとついている。

「だいじょうぶ？　とちゅうまで送りましょうか？」

先生の言葉に、女の子は首をふった。

「ほんとにだいじょうぶですから。ありがとうございました」

それから、ぼくたちのほうをむいて、

「おかしな話をしちゃって、すいません。ああいう話が好きなのかな、と思って……」

小さく舌《した》をだすと、頭をさげた。

どうやら、気分が悪くて横になっていたところに、怖《こわ》い話がきこえてきたので、ちょっといたずらしてみたくなったらしい。

「さっきのシーツは、なにかトリックをつかったのかな」

女の子のうしろ姿《すがた》を見送りながら、園田《そのだ》さんはそっとささやいた。

ぼくもうなずいて、

「からだだけベッドのむこうにかくすとか、なにか方法があるのかも」

といった。

「それじゃあ、気をつけて帰ってね」

手をふる先生に、

「はい。ありがとうございました」

女の子はドアの手前で立ち止まると、もう一度頭をさげて、背中《せなか》をむけた。

「あ、そうだ。あのね、先生……」

園田《そのだ》さんが、いまきいたばかりの怪談《かいだん》を、さっそく先生に語りはじめる。

ぼくだけが女の子のほうを見ていた、その一瞬《いっしゅん》をねらったかのように、女の子はまるで人形みたいに首だけをぐるりと半回転させて、ぼくにニッコリ笑いかけると、なにごともなかったように保健室からでていった。

「……どうしたの?」

口をあけてかたまっているぼくの肩《かた》を、園田さんがたたく。

「え……いや、なんでもない」

ぼくは首をふって、ふたりの話にくわわった。

「まもなく下校時刻《じこく》です。校内にのこっている人は……」

スピーカーから流れてきた放送に、時計を見ると、いつのまにか下校時刻の十五分前になっていた。

園田《そのだ》さんと先生が怪談《かいだん》の話題でもりあがって、おしゃべりに夢中《むちゅう》になっていたのだ。

ぼくたちは松田《まつだ》先生にあいさつをして、保健室をでた。

ザー、という雨の音が、校舎《こうしゃ》の中までひびいている。

雨はまたはげしくなってきたみたいだ。

ぼくたちはそれぞれの傘《かさ》を手に、玄関《げんかん》へと足を早めた。

「結局、傘女《かさおんな》がでたら、なんて答えたらいいのかな……」

まっ赤な傘を手に、園田さんが真剣《しんけん》な顔でつぶやく。

ぼくは自分の青い傘を見つめながら、

「返事をしない、っていうのはだめなのかな」

といった。

「無視《むし》するの？」

園田《そのだ》さんが眉《まゆ》をひそめる。

「だって、赤をえらんでも青をえらんでも、殺されちゃうんだろ？　それって結局、赤か青の二択《たく》じゃなくて、殺されるか、それとも怪談《かいだん》にとりこまれるかの二択なんじゃ……」

「でも……」

ろう下の角をまがりながら、園田さんがなにかいいかけたとき、チャプン、と音がして、ぼくは足もとに目をやった。

なぜか、ろう下が水びたしになっている。


チャプン……チャプン……


「どうして……」

顔をあげて、ぼくはかすれた声をあげた。

水音をたてながら、ろう下のむこうから近づいてくるのは、右手に赤い傘《かさ》、左手に青い傘をもった、ぼくたちと同い年くらいの女の子だったのだ。

「ねえ……」

遠くにいるのに、まるで目の前にいるみたいに、相手の声がはっきりときこえる。

「赤い傘がいい？　それとも、青い傘がいい？」

「にげよう！」

ぼくは園田《そのだ》さんの手をつかんで、ろう下を反対側に走りだした。

その拍子《ひょうし》に、自分たちの傘《かさ》を落としてしまったけど、とりにもどっている余裕《よゆう》はない。

「いまのって……」

園田さんが水しぶきをあげて走りながら、ふるえる声でつぶやく。

ぼくも走りながらうなずいた。

「たぶん、傘女《かさおんな》だと思う」

ろう下の角をまがって、保健室のドアに手をかける。

だけど、いま部屋をでたばかりなのに、なぜかドアは開かなかった。

郵　便　は　が　き

おそれいりますが
切手を
お貼りください

160-8565

東京都新宿区大京町22-1
株式会社ポプラ社
「ポプラポケット文庫・カラフル文庫」
編集部行

お買い上げありがとうございます。この本についてのご感想をおよせください。
また、弊社に対するご意見、ご希望などもお待ちしております。

フリガナ お名前		男・女	歳
ご住所	〒　都道府県		
お電話番号			
E-mail			
ご職業	1.保育園　2.幼稚園　3.小学1年　4.小学2年　5.小学3年　6.小学4年　7.小学5年　8.小学6年　9.学生（中学）　10.学生（高校）　11.学生（大学）　12.学生（専門学校）　13.パートアルバイト　14.会社員　15.教員　16.専業主婦（主夫）　17.その他（　）		

※いただいたおたよりは、よりよい出版物、製品、サービスをつくるための参考にさせていただきます。
※ご記入いただいた個人情報は、刊行物・イベントなどのご案内ほか、お客様サービスの向上やマーケティング目的のために個人を特定しない統計情報の形で利用させていただきます。
※ポプラ社の個人情報の取り扱いについては、ポプラ社ホームページ（www.poplar.co.jp）内プライバシーポリシーをご確認ください。

本の タイトル	

■この本を何でお知りになりましたか？

1.書店店頭　2.新聞広告　3.電車内や駅の広告　4.テレビ番組
5.新聞・雑誌の記事　6.ネットの記事・動画　7.友人のクチコミ・SNS
8.ポプラ社ホームページや公式SNS　9.学校の図書室や図書館
10.読み聞かせ会やお話会　11.その他（　　　　　　　　　　）

■この本をお選びになったのはどなたですか？

1.ご本人　2.お母さん　3.お父さん　4.その他（　　　　　　　　　　）

■この本を買われた理由を教えてください

1.タイトル・表紙が気に入ったから　2.内容が気に入ったから
3.好きな作家・著者だから　4.好きなシリーズだから　5.店頭でPOPなどを見て
6.広告を見て　7.テレビや記事を見て　8.SNSなどクチコミを見て
9.その他（　　　　　　　　　　）

・カバーについて　（とても良い・良い・ふつう・悪い・とても悪い）
・イラストについて　（とても良い・良い・ふつう・悪い・とても悪い）
・内容について　（とても良い・良い・ふつう・悪い・とても悪い）

■その他、この本に対するご意見

■今後どのような作家の作品を読みたいですか？

◆ご感想を広告やホームページなど、書籍のPRに使わせていただいてもよろしいですか？
1.実名で可　2.匿名で可（　　　　　　　　　　）　3.不可

ご記入いただき、ありがとうございます。今後の出版の参考にさせていただきます。

バシャバシャという音が、うしろからせまってくる。

ぼくたちはまた走りだした。

ろう下にも、通りがかった教室の中にも、ぼくたち以外に人かげはない。

下校時刻《じこく》が近いとはいえ、ここまで人の姿《すがた》がないのはおかしかった。

たぶん、ぼくたちはすでに、傘女《かさおんな》の怪談《かいだん》の中にとりこまれかけているのだろう。

相手が怪談なら——。

ぼくは二階《かい》へとつながる階段《かいだん》の手前で足をとめると、園田《そのだ》さんに小声でいった。

「上の階にのぼって、どこかの教室にかくれてて」

「浩介《こうすけ》くんは？」

園田さんが、ぼくの腕《うで》をつかむ。

「ぼくはだいじょうぶ。ちょっと、考えがあるから」

そういうと、園田さんを階段のほうにおしだして、ぼくはろう下にとびだした。

傘女がむこうから近づいてくる。

ぼくはろう下の窓《まど》をあけると、雨のふりしきる校庭にとびだした。

そのまま、雨のむこうに見える体育館をめざして走りだす。

体育館にいくには、校舎《こうしゃ》の中を通って、屋根のついたわたりろう下を通る方法もあるんだけど、それよりも校庭をつっきったほうが早いと思ったのだ。

とちゅうでふりかえると、傘女《かさおんな》も校舎をでて、ぼくをまっすぐに追いかけてくる。

とりあえず、傘女を園田《そのだ》さんからひきはなすことには成功《せいこう》したみたいだ。

正直なところ、体育館におびきよせてどうしようという、具体的な作戦があったわけじゃない。

ただ、いままでの経験《けいけん》から、怪談《かいだん》に対抗《たいこう》するにはべつの怪談をぶつけるのが有効《ゆうこう》なので、さっききいた体育館の怪談をなんとか利用できないかと思ったのだ。

雨ははげしさをましていて、傘をさしてないと、目をあけているのもつらいくらいだった。

それでも、雨にかすむ体育館をめざして必死で走っていたぼくは、とつぜん強い力で足をひっぱられて、その場にたおれた。

からだ中どろだらけになりながら、立ちあがろうとしたぼくは、足もとを見てまっ青になった。

地面からとびだしたガイコツの白い手が、ぼくの足首をしっかりとつかんでいたのだ。

体育館までの最短きょりをつっきろうとして、気づかないうちに、第二コーナーの上を通ってしまったらしい。

ぼくは、あいているもういっぽうの足で白い手をけとばそうとした。だけど、今度はその足までつかまれてしまった。

しりもちをついたまま、両足をバタバタしていると、目の前に人かげがあらわれた。

顔をあげると、傘女《かさおんな》が雨にぬれた髪《かみ》をべっとりと顔にはりつかせながら、表情《ひょうじょう》をかえずにぼくを見おろしていた。

「赤い傘がいい？　それとも、青い傘がいい？」

同じせりふをくりかえして、ぐっと顔を近づける。

ぼくはごくりとつばをのみこむと、大きく息をすいこんで、それから口を開いた。

「どっちも……」

どっちもいらない、といおうとしたとき、ぼくのそばに、べつの人かげが立った。

顔をむけると、園田《そのだ》さんがびしょぬれになりながら、なにかを手にして立っていた。

傘女《かさおんな》は、今度は園田《そのだ》さんに顔を近づけていった。

「あなたは、赤い傘と青い傘、どっちがいい？」

園田さんは、その問いかけには答えずに、

「はい」

ひるむことなく、手にもっていたものをさしだした。

「え？」

傘女が、おどろきの言葉を口にして、目をまるくする。

それは、紫色《むらさきいろ》のおりたたみ傘だったのだ。

傘女は、手にもっていた二本の傘をとり落とした。

そして、あっけにとられた表情《ひょうじょう》でおりたたみ傘に手をのばすと、うけとった傘を胸《むね》にだきしめて、そのまま雨にとけるように消えてしまった。

園田さんが、腰《こし》がぬけたようにその場にしゃがみこむ。

気がつくと、足をつかんでいた白い手も、いつのまにかなくなっていた。

「だいじょうぶ？」

ぼくは園田《そのだ》さんに手をのばそうとして、その手をすぐにひっこめた。

雨にぬかるんだ校庭でころげまわったので、ぼくの手も足もどろだらけだったのだ。

園田さんは自力で立ちあがると、

「あー緊張《きんちょう》した」

からだ中の息をはきだすようにしてそういった。

「さっきの傘《かさ》、どうしたの？」

ぼくがきくと、園田さんはにっこり笑って、

「昨日、塾《じゅく》の帰りに駅前で買ってきたの」

といった。

「もし傘女《かさおんな》さんにであったら、わたしてあげようと思って。だって、彼女《かのじょ》はただ、自分の大切な傘をとりもどしたかっただけでしょ？　もちろん、お母さんに買ってもらったのと同じ傘は用意できないから、あれで納得《なっとく》してくれるかどうかはわからなかったけど……」

園田さんの言葉に、ぼくは言葉を失った。

いままでぼくは、怪談《かいだん》とたたかったり、にげることばかりを考えていたけど、園田さん

は怪談《かいだん》を理解《りかい》して、共存《きょうぞん》することを考えていたのだ。

きっと、傘女《かさおんな》——さっきの女の子にも、その気持ちがつたわったのだろう。

すごいな、と思いながら、校舎《こうしゃ》にもどろうとふみだしたぼくの足が、なにかかたいものにあたった。

また白い手かと思って、びくっと下をむくと、そこには傘女が落としていった二本の傘がころがっていた。

「あれ？」

ぼくはその二本の傘をひろいあげて、一本を園田さんにさしだした。

「これって……」

「あ、ほんとだ」

園田さんも気づいたらしく、目を丸くして傘をうけとる。

それは、さっきぼくたちがほうりだしたはずの、赤い傘と青い傘だったのだ。

ぼくたちが顔を見あわせていると、

「ふたりとも、だいじょうぶ？」

校舎《こうしゃ》のほうから、大きなこうもり傘《がさ》をさした松田《まつだ》先生がかけよってくるのが見えた。

ぼくたちは、雨にぬれた顔でにっこり笑いあうと、それぞれの傘を開いて、先生のもとへと歩きだした。

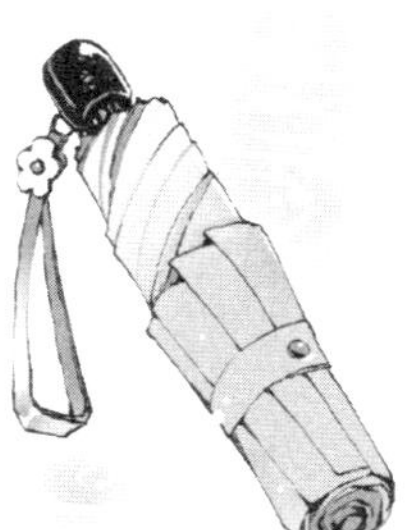

三　黒い子ども

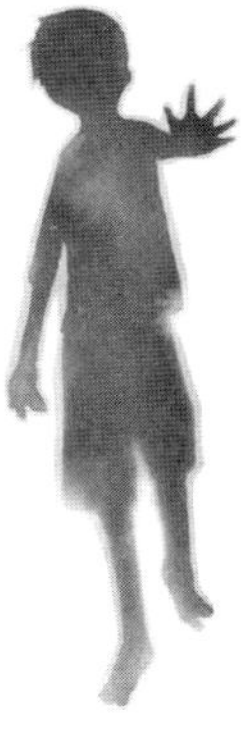

「は……は……はっくしょんっ！」

ぼくの派手《はで》なくしゃみに、ベッドの横でジュースをのんでいた慎之介《しんのすけ》は、とびあがって腰《こし》をうかせた。

「おいおい、だいじょうぶかよ？」

「うん……だいじょうぶ」

ぼくは手をふりながら、枕《まくら》もとのティッシュに手をのばした。

傘女《かさおんな》におそわれた日の翌日《よくじつ》。

ぼくはかぜをひいて、学校を休んでいた。

なにしろ、秋のつめたい雨でびしょぬれになったうえ、グラウンドの土でどろどろになったのだ。

あのあと、松田《まつだ》先生のすすめで学校のシャワー室をかりて、体操服《たいそうふく》にきがえて帰ったんだけど、その日の晩《ばん》から三十九度近い熱がでて、そのままねこんでしまった。

今日も朝から、ずっとベッドで横になってたんだけど、午後になって、少し気分がよくなったところに、慎之介《しんのすけ》が学校のプリントをもってたずねてきてくれたのだった。

「園田《そのだ》もかぜでやすんでたぞ」

慎之介はそういうと、ぼくをじっと見つめた。

「昨日、いったいなにがあったんだ」

その真剣《しんけん》な目つきに、ごまかせないと思ったぼくは、昨日のできごとをくわしく話した。

「『傘女《かさおんな》』か……」

「信じる？」

ぼくがいうと、

「あんまり信じたくないけど……浩介《こうすけ》がそういうなら、本当なんだろうな」

ぼくの怪談体質《かいだんたいしつ》のことをよく知っている（そして何度かまきこまれている）慎之介は、

いやそうな顔でためいきをついた。

そして、けさ、授業《じゅぎょう》がはじまる前に、先生から注意があったと教えてくれた。

「注意?」

「うん」

担任《たんにん》の三浦《みうら》先生から、昨日の夕方、校内に不審者《ふしんしゃ》が侵入《しんにゅう》するというできごとがあったので、気をつけるようにという話があったらしい。

松田《まつだ》先生が報告《ほうこく》してくれたんだな、とぼくは思った。

松田先生は、ちょうど通りかかったろう下の窓《まど》から、ぼくが傘《かさ》をもった女の子においつめられている様子を見て、あわててとびだしたのだそうだ。

だけど、先生もさすがにそれが、怪談《かいだん》にでてくるおばけです、とは報告《ほうこく》できず、不審者ということになったのだろう。

じっさい、昨日の傘をもった女の子が、この世のものではないといっても、信じるおとなはいないだろうし……。

「だから、登下校はなるべく集団《しゅうだん》でするように、だってさ」

「なるほどね……」

ぼくはベッドの上で腕《うで》をくんだ。

「でも、本当は不審者《ふしんしゃ》じゃないんだろ？」

慎之介《しんのすけ》の言葉に、ぼくはだまってうなずいた。

ぼくは山岸《やまぎし》さんとちがって、怪談《かいだん》の専門家《せんもんか》じゃないけど、この怪談をひきつける体質《たいしつ》のせいか、最近、本物の怪談が近づいてくると、肌《はだ》がぴりぴりすることがわかってきた。

だから、あの女の子がふつうの人間ではないことはまちがいない。

傘女《かさおんな》は、本物の怪談だったのだ。

「でもさあ……」

慎之介は、少し明るい表情《ひょうじょう》になって、ジュースをのんだ。

「その話が本当なら、傘女はもう成仏《じょうぶつ》したっていうことだよな」

「たぶん……」

ぼくはあいまいにうなずいた。

あのときの雰囲気《ふんいき》では、園田《そのだ》さんの気持ちがつたわって、納得《なっとく》してくれたように見えたけど、じっさいのところはたしかめようがない。

それにしても、最近、怪談《かいだん》に遭遇《そうぐう》するペースがはやいような気がする。

もしかして、ぼくの知らないところで、なにかが起こっているのだろうか……。

考えこんでしまったぼくの様子を見て、つかれたと思ったのか、ゆっくり休めよ、といいのこして、慎之介《しんのすけ》は帰っていった。

慎之介が帰るのと入れかわりに、母さんが部屋に顔をだした。

「ちょっと、買い物にいってくるけど……ひとりでだいじょうぶ？」

「だいじょうぶだよ。子どもじゃないんだから」

そのせりふに、母さんは苦笑しながら部屋をでていった。

部屋がしずかになると、ぼくにベッドに横になって、ゆっくりと目を閉《と》じた。

そのままスーッと、ねむりにすいこまれていく。

気がつくと、ぼくはバスケットボールを手に、夜の体育館にひとりで立っていた。

電気はついてないけど、窓《まど》から入ってくる月明かりのおかげで、中の様子ははっきりと見える。

ぼくはゴールにむかって、ドリブルをはじめた。

ターン、ターン、ターン……

ボールが床《ゆか》にはずむ音が、建物の中にひびきわたる。

ゴールの手前で立ち止まると、ぼくは軽くひざをまげて、シュートをうった。

ボールはリングにむかって、まっすぐとんでいく。

ボールのゆくえを見送るぼくの目の前で、バスケットボールではなく、さかさまになった人間の生首《なまくび》が、ぼくをじっとにらみながら、リングを上から下へと通過《つうか》していった。

ぼくは悲鳴をあげながら、ベッドの上でとびおきた。

少し暗くなりはじめた部屋の中で、まだドキドキしている胸《むね》をおさえながら、

「……夢《ゆめ》か」

ホッと息をついていると、一階からチャイムの音がきこえてきた。

しばらくベッドの中で耳をすませるけど、だれもでる気配がない。

どうやら、母さんはまだ帰ってないようだ。

ぼくはまだ少しふらつく足どりで階段《かいだん》をおりると、リビングにあるインターホンを手に

とった。

「はい」

「あ、浩介《こうすけ》？　ごめん、おれ」

「慎之介《しんのすけ》？」

「うん。ちょっと、忘《わす》れ物《もの》をしちゃったんだけど……入ってもいい？」

「うん――」

いいよ、と答えた瞬間《しゅんかん》、背筋《せすじ》に強烈《きょうれつ》な寒気がはしった。

やばい、と思ったけど、すでにおそかったらしく、

「ありがとう」

慎之介にそっくりな声だ、すぐうしろからきこえてきた。

はじかれたようにふりかえると、目の前に、黒い小さな人かげが立っていた。

黒い服をきてるとか、色が黒いとか、そういう意味じゃない。

まるで子どものかげが、そのまま起きあがったような、まさに人の〈かげ〉だったのだ。

「ねえ」

そのかげは、ぼくにむかって話しかけてきた。

「赤い服がいい？　それとも、青い服がいい？」

ぼくはリビングをとびだすと、階段《かいだん》をかけあがった。

とちゅうでチラッとふりかえると、黒いかげは歩くというより、スーッとすべるようにして、ぼくを追いかけてくる。

「ねえ、待ってよ」

表情《ひょうじょう》は見えないけど、その声から、おもしろがるような気配がつたわってきた。

まだからだのだるさがぬけないぼくは、はうようにして階段をのぼりきると、部屋

にころがりこんで、ドアを閉《し》めた。

そのまま床《ゆか》に座《すわ》りこんで、息をついていると、ドアのすきまから、黒くてうすっぺらいかげがするすると、部屋の中に入りこんできた。

「ねえ」

あっけにとられているぼくの目の前で、

「赤い服がいい？　それとも、青い服がいい？」

かげはさっきと同じ質問《しつもん》をくりかえした。

ぼくはゾクッとして、

「どっちもいらない」

と首をふった。

たぶん、傘女《かさおんな》や赤いちゃんちゃんこと同じで、どちらをえらんでも正解《せいかい》はないのだ。だけど、

「だめだよ」

黒いかげは、ぼくにむかってまっ黒な手をのばしてきた。

「えらばないなら……両方着せるよ」

ぼくは思わず目を閉《と》じた。

だけど、しばらくたってもなにも起こらない。

そっと目をあけると、目の前にうす紫色《むらさきいろ》の大きな背中《せなか》があった。

「赤も青もいらないよ」

その背中は、ききなれた声でいった。

「この子には、ぼくがいるからね」

「山岸《やまぎし》さん」

ぼくは信じられないものを見る思いで、とつぜんあらわれた隣人《りんじん》を見つめた。

山岸さんは、くるりとふりかえると、

「なんとか間にあったみたいだね」

そういって、にやりと笑った。そして、またかげのほうをむきなおって、低い迫力《はくりょく》のある声でいった。

「さあ、わかったら、おとなしく帰ってもらおうか。それとも、ぼくとここで――」

山岸《やまぎし》さんの背中《せなか》から、ゆらりと湯気のようなものが立ちのぼる。

小さなかげは、グゥ、とうなるような声をだして、まるでけむりが風にちるように姿《すがた》を消した。

気がぬけたぼくは、からだ中の息をはきだすと、

「いまのは、なんだったんですか？」

ようやくそれだけを口にした。

「見てのとおり、あいつのしわざだよ」

「あいつって……かげ男ですか？」

ぼくの言葉に、山岸さんはうなずいた。

かげ男というのは、山岸さんの古い知り合いというか天敵《てんてき》というか、とにかく謎《なぞ》の存在《そんざい》で、どうやらぼくの怪談体質《かいだんたいしつ》に興味《きょうみ》があるらしく、すきを見つけては、ぼくをとりこもうとしてくるのだ。

「こういうことがないように、いちおう結界をはってあったんだけどね」

山岸さんが肩《かた》をすくめた。

「どういうことですか？」

山岸《やまぎし》さんによると、自分が留守《るす》の間に、かげ男がぼくをねらってくる可能性《かのうせい》があったので、ぼくの家のまわりに、かげ男やその手下が簡単《かんたん》に入ってこられないような結界をはっておいたらしい。

いつのまに人の家に……と思ったけど、助けてもらった手前、文句《もんく》はいいにくい。

「あれ？　でも、それじゃあ、いまのやつはどうやって……」

「それが、結界といっても万能《ばんのう》じゃないんだよ」

排除《はいじょ》されたものが結界の中に入る方法は、大きくわけて二通りあるらしい。

ひとつは、さらに強い術《じゅつ》をつかって、力づくで結界をやぶる方法。

そしてもうひとつは、中にいる人に、入ってもいいと許可《きょか》をもらう方法だ。

「それって、つまり、ぼくが『どうぞ』っていったから、中に入られちゃったってことですよね」

「まあ、そういうことかな」

「どうしてそういう大事なことを、教えておいてくれないんですか」

ぼくがさすがに文句《もんく》をいうと、

「まあ、いいじゃないか。結果的には、こうして助けにきてるわけだし」

山岸《やまぎし》さんは、まったく緊張感《きんちょうかん》のない口調と表情《ひょうじょう》でいった。

この人を相手に、本気でいい争いをしてもしかたがない。ぼくはとりあえず、ここ数日間に学校で起こったできごとを簡単《かんたん》に話した。

だまってきいていた山岸さんは、話をきき終えると、

「なかなか興味深《きょうみぶか》いね」

そんな感想を口にした。

「興味深いとか、そんなのんびりした気分じゃないですよ」

ぼくはためいきをついた。

「本につかえそうな怪談《かいだん》を提供《ていきょう》しますから、一度学校にきて、除霊《じょれい》してもらえませんか」

山岸さんは怪談収集家《かいだんしゅうしゅうか》であって、霊能力者《れいのうりょくしゃ》じゃないけど、結界をはれるくらいなら、除霊もできるだろう。

だけど、というか、あんのじょうというか、山岸さんが素直《すなお》にうなずくわけもなく、

「うーん……じつは、またすぐにでかけないといけないんだよ」

腕《うで》をくんで、そんなことをいいだした。

「そうですか……」

ぼくは肩《かた》を落とした。

たしかにいじは悪いし、本物の怪談《かいだん》を集めるためには手段《しゅだん》をえらばないけど、少なくとも『最終的には』ぼくの身をまもってくれる山岸《やまぎし》さんがしばらくいないとなると……。

「まあ、二、三日でもどれると思うから……」

山岸さんはそういって、元気づけるようにぼくの肩をたたいた。

「それまでは、学校の怪談《かいだん》には気をつけるんだよ」

四　呪《のろ》いのエリーゼ

　つぎの日の朝。

　ぼくが登校すると、園田《そのだ》さんと慎之介《しんのすけ》が、例のノートをはさんで真剣《しんけん》な顔でむかいあっていた。

「おはよう」

　ぼくが声をかけると、ふたりは同時に顔をあげた。

「おはよう、浩介《こうすけ》くん。もういいの？」

　園田さんが笑顔でいう。

「うん。園田さんは？」

「わたしはだいじょうぶ。昨日も、ほんとはたいしたことなかったんだけど、お母さんが休めっていうから……」

そういって、こまったようにほほえんだ。

とにかく、元気そうでよかった、と思っていると、

「きいてくれよ」

慎之介《しんのすけ》が顔をしかめて、ノートの開かれたページを指でたたいた。

「こいつ、今日の放課後、これを調べにいこうっていうんだぜ」

ぼくはノートに顔を近づけて、それからあきれて園田《そのだ》さんを見た。

「『**呪《のろ》いのエリーゼ**』って……音楽室の怪談《かいだん》の？」

園田さんはうれしそうにうなずいて、

「昨日、家で退屈《たいくつ》だったから、いままできいてきた話をまとめてみたの」

といった。

たしかに、かなりのページ数があって、まるで小説みたいだ。

「よくそんな気になるよな……」

慎之介が、理解《りかい》できない、というように首をふる。

「どうして？」

園田《そのだ》さんが首をかしげる。

「だって、おとといも怪談《かいだん》がらみで怖《こわ》い目にあってるのに……」

じつは、ぼくは昨日も怖い目にあってるんだけど、とりあえずここではいわないほうがよさそうだ。

「でも、あれは怪談かどうかわからないでしょ？」

園田さんが反論《はんろん》する。

「いちおう、学校の発表は不審者《ふしんしゃ》なわけだし」

「それはそうだけど……」

慎之介《しんのすけ》が言葉につまると、園田さんはぼくのほうをむいて、にっこりと笑った。

「それに、もしあれが怪談だったとしても、わたしたちだけで解決《かいけつ》できたもんね」

「え……えっと……」

ぼくは返事にこまって、ノートを手にとった。

そして、さらに反論する慎之介と園田さんのやりとりをききながら、ノートに書かれた物語を読みはじめた――。

『呪《のろ》いのエリーゼ』

わたしとS代《エスよ》は、放課後の人気《ひとけ》のないろう下を、音楽室めざして歩いていました。教室でおしゃべりをしていて、帰ろうとしたところで、S代が音楽室にリコーダーをわすれてきたことに気づいたのです。

じつは、うちの小学校には、

『放課後になると、だれもいない音楽室から、ピアノの曲がきこえてくる。それを最後まできくと、呪われてしまう』

という噂《うわさ》があるので、本当はいきたくなかったのですが、今日は金曜日で、月曜日にはリコーダーのテストがあるのです。

S代《エスよ》にどうしてもついてきてほしいとたのまれて、しかたなくわたしはS代と身をよせあうようにして、階段《かいだん》をのぼっていきました。

音楽室は、西校舎《にしこうしゃ》の四階の一番奥《おく》にあります。

音楽室のドアをあけて電気をつけると、リコーダーはすぐに見つかりました。

わたしがいそいで帰ろうとすると、

ポロン……


部屋の奥から、ピアノの音がきこえてきて、わたしは心臓《しんぞう》が口からとびだしそうなくらいおどろきました。

そのままにげだしたかったけど、S代を置いていくわけにもいきません。

おそるおそるふりかえって……わたしはその場に座《すわ》りこみそうになりました。

ピアノをひいていたのは、S代だったのです。

「びっくりした？」

そういって笑うS代《エスよ》に、

「びっくりした」

わたしが笑いながら、

「ほら、はやくいこ」

そういって、ドアのほうにむきなおったとき、

タララ、タラララ、ラン……


またうしろから、今度はちょっとメロディーらしき音がきこえてきました。

「もう、いいかげんに……」

またS代のいたずらだと思ったわたしは、腰《こし》に手をあてながらふりかえって――その場にこおりつきました。

S代は、わたしのすぐうしろに立っていたのです。

タラララ、タラララ、ラン……


だれもピアノにさわっていないのに、メロディーはなりつづけています。

それはまるで、見えないだれかがピアノをひいているようでした。

悲鳴をあげながら、音楽室をとびだすS代《エスよ》のあとを、わたしはあわてて追いかけました。

そのまま階段《かいだん》を一階までかけおりて、わたしたちが息を切らしていると、

「どうしたの？」

すぐそばで声がして、わたしたちはまたとびあがりました。

顔をあげると、島田《しまだ》先生が目をまるくして立っています。

わたしたちが、いま見たことを話すと、

「もしかして……」

島田先生は、こんな話をはじめました。

数年前、T《ティー》さんというピアノが大好きな女の子が、初めての発表会をひかえていました。

だけど、彼女《かのじょ》の家はマンションで、ピアノも電子ピアノです。

そこで、本物のピアノで練習したいというT《ティー》さんのために、発表会までの間、特別に放課後の音楽室でピアノをつかってもいいという許可《きょか》をあげたのです。

Tさんは、よりいっそう熱心に練習しました。

ピアノにむかうその真剣《しんけん》な姿勢《しせい》は、美術《びじゅつ》の先生が、Tさんにたのんで、ピアノをひいている姿《すがた》をかかせてもらったほどでした。

ところが、発表会の前日。

練習を終えて、家に帰るTさんを、悲劇《ひげき》がおそいます。

スピード違反《いはん》の車にはねられて、亡《な》くなってしまったのです。

「結局Tさんは、発表会にはでられなかったの……」

島田《しまだ》先生は顔をくもらせました。そして、わたしとS代《エスよ》の顔を見ながらききました。

「それで、なんの曲がきこえたの？」

「『エリーゼのために』です」

わたしが答えると、島田先生の顔がサッと青ざめました。

「T《ティー》さんが発表会でひくはずだった曲が『エリーゼのために』だったのよ」

島田《しまだ》先生は、しばらくうつむいて考えこんでいましたが、やがて顔をあげると、

「もうおそいから、あなたたちは早く帰りなさい」

そういって、階段《かいだん》にむかいました。

「先生はどうするんですか？」

わたしがきくと、

「本当にTさんがひいてるのかどうか、たしかめてくるわ」

先生はそういって、にっこり笑いました。

「でも、最後まできくと呪《のろ》われるって……」

「だいじょうぶよ。Tさんは、人を呪うような子じゃないから」

だけど、発表会の前に事故《じこ》で死んだりしたら、いくらやさしい子でもだれかを呪いたくなるんじゃ……わたしはそう思いましたが、結局なにもいえず、階段をのぼる先生のうしろ姿《すがた》をただだまって見送りました。

そして、それが先生の姿を見た最後だったのです。

月曜日。わたしたちは全校集会で、島田《しまだ》先生が急に退職《たいしょく》したことを知らされました。集会が終わってから、わたしはほかの先生にきいてまわりましたが、退職の理由はいくらきいても教えてもらえませんでした。

先生の身になにが起こったのかはわかりませんが、わたしは『エリーゼのために』の呪《のろ》いは本当にあると思います。


最後まで読み終わって顔をあげると、ふたりがぼくの様子をじっと見つめていた。

ぼくはちょっと考えてから、

「やめておいたほうがいいんじゃないかな」

といった。

「どうして？」

園田《そのだ》さんがほおをふくらませる。

「だって、最後まできくと、呪《のろ》われるんだろ」

そういいながら、ノートを園田さんにかえす。

「でも、それってぎゃくに考えれば、最後まできかなければだいじょうぶってことでしょ？」

「まあ、そうかもしれないけど……」

園田さんの楽観的《らっかんてき》な意見に、ぼくは首をかしげた。

怪談《かいだん》の場合、にげようとしても音楽室に閉《と》じこめられたり、どこまでもピアノの音が追いかけてきたりして、結局最後まできかされる、というのがおきまりの展開《てんかい》なのだ。

「えっと……ごめん」

ぼくは顔の前で両手をあわせた。

「今日は、早く帰って病院にいかないといけないんだ」

「そっか」

園田さんは、残念《ざんねん》そうに肩《かた》をすくめた。

「それじゃあ、しかたないね。慎《しん》くん、わたしたちだけでいこっか」

「いや、おれも今日は塾《じゅく》が……」

「うそ。今日は塾の日じゃないって、おばさんがいってたよ」

「ぐ……」

ふたりは幼稚園《ようちえん》のときからのつきあいで、家族ぐるみで仲がいいので、おたがいの予定がつつぬけなのだ。

慎之介《しんのすけ》が園田《そのだ》さんにせまられているすきに、ぼくはそっと自分の席にむかった。


カラスのなき声で、ぼくは目をさました。

どうやら、本を読みながら、いつのまにかいねむりをしていたらしい。

窓《まど》の外では、うすい雲を通してうっすらと夕焼けがはじまっている。

放課後、ぼくは病院ではなく図書室にやってきていた。

病院にいくというのはもちろんうそで、ぼくがいっしょにいくほうが、ふたりが危険《きけん》な目にあう可能性《かのうせい》が高まると思ってえんりょしたんだけど、やっぱり気になったので、授業《じゅぎょう》が終わると、とりあえず帰るふりをして、図書室で時間をつぶしていたのだ。

図書室と音楽室は、建物はちがうけど同じ四階同士なので、窓《まど》からむこうの窓が見える。

本をもとのたなにもどして、ふとあたりを見まわすと、図書室にはぼく以外、だれもいなかった。

もともと、あまり利用者の多い図書室じゃないけど、カウンターの中にいるはずの図書委員までいないのは、ちょっとおかしい。

なんだかいやな予感《よかん》がして、ぼくはとりあえず部屋をでようと、ドアにむかった。

下校時刻を知らせるチャイムがなりはじめる。

足を早めてドアノブに手をかけたぼくは、

「あれ？」

とつぶやいて、力をこめた。

だけど、カギがかかっているのか、ノブはまったくまわらなかった。

もしかして、当番の子が、ぼくがいることに気づかずに、カギを閉《し》めて帰っちゃったんじゃ……。

こまったな、と思っていると、どこからか、ピアノの音がきこえてきた。


タラララ、タラララ、ラン……


「え？」

ぼくは血の気が引くのを感じた。

きこえてきたのは、『エリーゼのために』だったのだ。

しかも、窓《まど》の外とかスピーカーからではなく、この部屋のどこかからきこえてくる。

もちろん、図書室にピアノなんかあるわけがない。

音楽室できこえるはずの『エリーゼのために』が、どうして図書室で……。

ぼくは慎重《しんちょう》に、音がきこえるほう——部屋の奥《おく》へとむかった。

図書室の一番奥は、本だなではなく壁《かべ》になっていて、額《がく》に入った絵が何枚《まい》かかざられている。

どうやら、ピアノの音は、その中の一枚《まい》からきこえてくるようだった。

タイトルは〈ピアノをひく少女〉。

その名の通り、ピアノにむかう女の子の姿《すがた》がえがかれている。

そういえば、美術《びじゅつ》の先生がピアノをひいている姿を絵にかいたとか……。

園田《そのだ》さんのノートで読んだ話を思いだしていると、絵の中の女の子が、とつぜんこちらをむいて、にっこりほほえんだ。

「ねえ……わたしのピアノを最後まできいてくれる？」

つぎの瞬間《しゅんかん》、ぼくは絵に背中《せなか》をむけてドアに走った。

だけど、どれだけ力をこめても、やっぱりドアはびくともしない。


タラララ……タラララ……


音はどんどん大きくなって、まるで図書室がコンサートホールになったみたいだ。

ぼくは絵の前にもどると、額《がく》に手をかけて、絵を壁《かべ》からはずそうとした。

だけど、ただ壁《かべ》にかけられているだけのはずの額《がく》は、まったくうごかなかった。

両手で耳をふさいでも、ピアノのメロディーは頭に直接《ちょくせつ》流れこんでくる。

ぼくはあきらめて、開き直ることにした。

こうなったら、最後まできくしかなさそうだ。

あの話にでてきた先生も、ただ学校をやめたというだけで、べつに死んだり殺されたときまったわけじゃない。

あらためてちゃんときいてみると、女の子の演奏《えんそう》は、けっこう上手《じょうず》だった。ピアノが好きで、一生懸命《いっしょうけんめい》にひいていることが、すごくつたわってくる。

女の子の指のうごきがだんだんゆっくりになって、音のよいんをのこしながら、ついに演奏が終わった。

なにが起こるのか、ぼくがドキドキしながら身がまえていると、絵の中の女の子が立ちあがって、ぼくのほうをむいた。

そして、

「最後まできいてくれて、ありがとう」

そういって一礼すると、またピアノの前にもどって、それっきりうごかなくなった。

ぼくは絵に近づいて、そっと手をふれた。

だけど、〈ピアノをひく少女〉はただの一枚《まい》の絵にもどって、もううごくことも、ピアノをひくこともなかった。

ぼくが絵の前でぼうぜんとしていると、ガチャッと音がして、慎之介《しんのすけ》と園田《そのだ》さんがとびこんできた。

「浩介《こうすけ》、だいじょうぶか？」

「あれ？　ドアにカギがかかってなかった？」

「いや、かかってなかったけど……」

慎之介が、園田さんをふりかえった。園田さんも首をふって、

「それより、いったいなにがあったの？」

心配そうにきいてきたので、ぼくはふたりに、いまあったできごとを話した。

おどろくかと思ったんだけど、ふたりはどういうわけか、きみょうに納得《なっとく》したような表《ひょう》情《じょう》で、顔を見あわせた。

「それで、音楽室のほうはどうだったの？」

ぼくがたずねると、園田《そのだ》さんが話しはじめた。

下校時刻《じこく》の少し前に、音楽室に入ったふたりは、そのまましばらく待ってみたけど、いつまでたってもなにも起こらない。

そのうち、下校のチャイムがなりはじめたので、しかたなく帰ろうとしたところに、ちょうど音楽の先生があらわれたので、思いきって『**呪《のろ》いのエリーゼ**』のことをきいてみると――

「島田《しまだ》先生は、ご実家の事情《じじょう》で急にやめられただけなんだって」

園田さんはそういって肩《かた》をすくめた。

週末に退職《たいしょく》して、そのまま学校にでてこなかったのは事実だけど、べつに呪われたわけでも、不幸にみまわれたわけでもなく、いまも地元の学校で、元気に音楽の先生をしているらしい。

ひょうしぬけしたふたりが帰ろうとしたとき、慎之介《しんのすけ》が窓《まど》ごしに、図書室でひとり走りまわっているぼくの姿《すがた》に気づいたというわけだった。

ぼくたちは、〈ピアノをひく少女〉を見つめた。

彼女《かのじょ》はただ、せっかく練習した曲を、だれかに最後まできいてもらいたかっただけなのだ。

「それで、演奏《えんそう》はどうだったんだ？」

慎之介が絵を見つめながらきいた。

「うん……」

ぼくは目を閉《と》じて、耳の奥《おく》にのこるメロディーを思い起こした。

「むずかしいことはよくわからないけど……きいてて、気持ちよかったよ」

ぼくがそう答えると、絵の中の女の子が、かすかにほほえんだような気がした。

五　体育館の子ども

つぎの日の昼休み。

給食を食べ終わって、とくにやることのなかったぼくは、校庭のすみにある鉄棒《てつぼう》にもたれて、校舎《こうしゃ》をぼんやりと見あげていた。

白い手、傘女《かさおんな》、ピアノをひく女の子……二学期がはじまって、まだ一か月もたっていないのに、けっこうな数の学校の怪談《かいだん》にまきこまれている気がする。

おかげで園田《そのだ》さんの七不思議ノートは順調にうまっているけど、これじゃあ、山岸《やまぎし》さんの助手《じょしゅ》をしてるのとたいして変わらない。

それとも、学校の場合は、七不思議を完成させたら怪談が起こらなくなったりするのかな……そんなことを考えていると、

「どうしたんだい、こんなところで」

とつぜん、どこからともなく校長先生が姿《すがた》を現《あらわ》した。

「あ、こんにちは」

思わず気をつけをすると、

「この間は大変だったそうだね」

校長先生はほほえみをうかべて、ぼくのとなりにならんだ。

「え？」

「ほら。雨の日に、不審者《ふしんしゃ》におそわれそうになったんだろ？」

「あ、はい……」

ぼくはあいまいにうなずいた。

そういえば、傘女《かさおんな》の話を一番最初にきいたのは、校長先生からだった。

先生は、どこからこの話をしいれたんだろう……。

ぼくが、噂《うわさ》の出所をきこうかどうしようかとまよっていると、

「そういえば、高浜《たかはま》くんは、前の学校でミニバスケットクラブに入ってたんだってね」

先生がそんなことをいいだした。

「はい。本当は、この学校にもあったら入りたかったんですけど……」

「じつは、うちの学校にも、バスケットボールクラブをつくろうかっていう計画があるんだ」

「え？　ほんとですか？」

ぼくは思わず身をのりだした。

「うん。ただ、ちょっと問題《もんだい》があってね……」

先生の表情《ひょうじょう》がくもる。なんだろう、と思っていると、

「じつは……体育館に、おばけがでるらしいんだ」

先生は思いがけない言葉を口にした。

「それって、もしかして……」

ぼくがゴール下の怪談《かいだん》のことを話すと、

「いや……ぼくがきいたのは、ちがうやつだったな」

校長先生は、鉄棒《てつぼう》にもたれながら首をかしげた。

「なんでも、夜中の体育館で、子どもたちが走りまわる足音がするとか、用具室のマットに人の形をした血の染《し》みがあらわれるとか……」

「はあ……」

たしかに、学校の怪談《かいだん》でよくありそうな話だ。

「それで、みんなが怖《こわ》がっちゃってね。とくに放課後になると、体育館をあまりつかいたがらないんだ」

先生の話をききながら、ぼくが、山岸《やまぎし》さんに本当に除霊《じょれい》をたのんでみたらどうだろう、と思っていると、

「ところで、高浜《たかはま》くんの家のとなりに、有名な郷土史家《きょうどしか》の先生がいらっしゃるそうだね」

おどろいたことに、校長先生のほうから、山岸さんの話をきりだしてきた。

「ええ、まあ……」

有名かどうかはわからなかったけど、とりあえずぼくはうなずいた。

「どうだろう。一度、体育館を調べてもらうよう、たのんでもらえないかな？」

「え？」

ぼくはびっくりしてききかえした。

「調べるって……もしかして、怪談《かいだん》をですか？」

「怪談というより、歴史《れきし》かな。郷土史家《きょうどしか》なら、その土地の古い歴史にもくわしいだろうし……専門家《せんもんか》に調べてもらって、この土地にいわくがないことがわかれば、体育館をつかったクラブ活動も、積極的《せっきょくてき》にすすめることができると思うんだ」

たしかに、武家屋敷《ぶけやしき》とか病院とか、そういうのが全部噂《うわさ》だとわかれば、みんなも怖《こわ》がらなくなるだろうけど……。

「じつは、いま出張中《しゅっちょうちゅう》なんです。しかも、いつもどってくるのかわからなくて……」

ぼくがそういうと、

「だったら、高浜《たかはま》くんが調べてくれないかな？」

先生は、まるでぼくの返事を予想《よそう》していたみたいに、間をおかずにいった。

「え？　ぼくがですか？」

ぼくはおどろいて、目を丸くした。

「うん。その人の助手《じょしゅ》をしてるなら、調査《ちょうさ》にもなれてるんじゃない？」

「いや、ぼくはべつに……」

たしかに調査には同行してるけど、じっさいに調べたり解決《かいけつ》しているのは山岸《やまぎし》さんだけで、ぼくはそのとなりで、おぼれたりおそわれたり、とりつかれたりしているだけだ。

だけど、ミニバス部が実現《じつげん》するかもしれないというのは、大きな魅力《みりょく》だった。

ぼくは考えたすえ、先生を見あげた。

「あの……ぼくはなにをしたらいいんでしょう？」

ぼくの言葉に、先生の目がきらりと光った。


教室にもどると、ぼくは園田《そのだ》さんに声をかけた。

「この間の『ゴールの下』以外に、体育館の怪談《かいだん》ってある？」

「あるよ」

園田さんは即答《そくとう》して、ノートを開いた。

・夜中の零時《れいじ》になると、だれもいないはずの体育館から、ボールをつく音がきこえてくる。

・用具室のすみに、バレーボールにつかうネットがまるめられている。これをけとばしたり、乱暴《らんぼう》にまいたりすると、網《あみ》の中からだれかがじっと見つめているときがある。

・用具室の一番奥《おく》にある、つかわれていないマットをひろげると、人の形をした血の跡《あと》がついている。

どれも、どこかできいたことのあるような話ばかりだ。

その中にひとつだけ、タイトルのついた怪談《かいだん》があった。

『赤い子ども』

夜になると、体育館から子どものさけび声がきこえてくるという苦情《くじょう》が、近所の人からあったので、警備員《けいびいん》さんがたしかめにいくことになった。

薄闇《うすやみ》につつまれた空の下、警備員さんが近づくと、たしかに体育館のほうから、

「うわーー!」

とか、

「ぎゃーー!」

という、悲鳴のような声がきこえてくる。

だけど、なにかのききまちがいか、だれかのいたずらだろうと思った警備員さんは、怖《こわ》がることなく、カギをあけて中に入った。

電気をつけると、中にはだれもいなかったけど、声だけはどこからかきこえてくる。

体育館は、入学式や全校集会のときは講堂《こうどう》としてつかわれるため、前方に高さ一メートルぐらいの舞台《ぶたい》があるんだけど、声はその舞台の下あたりからきこえてくるようだ。

舞台の下には、いすを大量に収納《しゅうのう》するための巨大《きょだい》な引きだしがついている。

警備員《けいびいん》さんは、いちおう引きだしをひとつずつあけてたしかめることにした。

そして、四つ目をあけたとき、

「うわー！　うわー！」

中から小さな赤い人かげが、大声をあげながらとびだしてきた。

おどろいた警備員さんが、腰《こし》をぬかしてその場に座《すわ》りこんでいると、赤い子どもは体育館の中をすごいスピードで走りまわって、とつぜん、フッ、と姿《すがた》を消した。

しばらくぼうぜんとしていた警備員さんは、なんとか立ちあがると、子どもがとびだしてきた引きだしをのぞきこんだ。

だけど、引きだしの中は、いすがいっぱいにつまっていて、小さな子どもがかくれられそうなスペースはどこにもなかった。

それじゃあ、いまの子どもは、いったいどこから――。

よく思いだしてみると、あの子は赤い服を着ていたわけではない。全身がまっ赤にそまっていたのだ。

ようやく、相手がこの世のものではないことに気づいた警備員《けいびいん》さんがぶるぶるとふるえていると、いつのまにかすぐそばに、さっきの赤い子どもが立っていた。

そして、こおりついている警備員さんの前で、ひきだしを指さして、暗い声でポツリとつぶやいた。

「ボクハ、ココデシンダンダ」

警備員さんは、ころがるようにして体育館をとびだしていった。

後日、古くからいる先生にきいた話によると、何年か前に、体育館でかくれんぼをしていて、引きだしの奥《おく》にかくれているところを、見まわりにきた警備員《けいびいん》さんに知らずにしめられて、亡《な》くなった子どもがいたらしい。

さけび声は、いまでもときおりきこえるそうだ。

読み終わって、ぼくがノートを閉《と》じると、

「なにを調べてるの？」

園田《そのだ》さんが、ぼくの顔をのぞきこんだ。

「まあ、下調べかな」

ぼくは校長先生に、体育館の怪談《かいだん》の調査《ちょうさ》をたのまれたことをうちあけた。

「すごーい」

園田さんが目をかがやかせる。

「怪談の調査を依頼《いらい》されるなんて、これで浩介《こうすけ》くんも一人前だね」

いったいなんの一人前なのかよくわからなかったけど、怪談マニアの園田さんにしてみれば、『校長先生から怪談《かいだん》の調査《ちょうさ》を依頼《いらい》される』というのは、一種のあこがれなのだろう。

正確《せいかく》には、依頼されたのは山岸《やまぎし》さんなんだけど、たぶんまだ帰ってきてないだろうし、帰ってきたとしても、この依頼をつたえるかどうかは、なやむところだった。

なにしろ、山岸さんといっしょに怪談の調査にいくたびに、ふみきりで電車にひかれそうになったり、湖でおぼれそうになったり、船をしずめられそうになったり、とにかく命の危険《きけん》にさらされるのだ。

だけど、ひとりで調べるのはむずかしいだろうし……。

「で、もちろん引き受けるんだよね？」

「うーん……」

ぼくはなやんだすえ、期待にみちた目をむけてくる園田《そのだ》さんに、口を開いた。

「今日の放課後、あいてるかな？」


「園田さんは、怖《こわ》い話が本当に好きなんですね」

ノートをパラパラとめくりながら、校長先生が感心したようにいった。

「はい、大好きです」

園田《そのだ》さんがはっきりといいきる。

放課後、早くも陽がかげりはじめた校庭を、ぼくたち三人は体育館にむかって歩いていた。

「山岸《やまぎし》先生は出張《しゅっちょう》ということだけど、いまは具体的に、どういうお仕事をされてるのかな？」

校長先生が、風にまう砂《すな》ぼこりに、わずかに顔をしかめながらいった。

「百個《こ》の怪談《かいだん》を集めた『百物語』という本をつくろうとしてるんですけど、なかなか集まらないみたいです」

園田さんが答える。

「へーえ。それって、いまどれくらいまで集まってるの？」

「それが、なかなか教えてくれないんですよ」

園田さんが、すねたように口をとがらせた。

「秘密主義《ひみつしゅぎ》なんだね」

そういって、先生はクスリと笑った。そして、

「ほかに集めたり、調べたりしていることはないのかな」

と、さらに質問を重ねてきた。

「そうですね……」

ぼくは歩きながら、うすずみを流したような空を見あげた。

「そういえば、祠《ほこら》もさがしてるみたいです」

「祠？　それは、どんな祠？」

「くわしいことは、ぼくもしらないんですけど……」

そんな話をしているうちに、ぼくたちは体育館に到着《とうちゃく》した。

「それじゃあ、お願いするよ」

両開きのとびらの前で、校長先生はぼくに体育館のカギをさしだした。

「ぼくはいまから会議《かいぎ》があるから、終わったら、カギは職員室《しょくいんしつ》にとどけておいて」

園田《そのだ》さんにノートをかえして校長先生が立ち去ると、ぼくと園田さんは顔を見あわせて、
小さく深呼吸《しんこきゅう》してからとびらをあけた。

うす暗い体育館から、ひんやりとした空気がながれでてくる。

ぼくたちはまず、耳をすませて、気配をうかがった。だけど、暗がりの中からは、なんの音もきこえてこなかった。

ぼくとしては、なにも起こらないほうが、ミニバス部の実現《じつげん》に近づくからうれしいんだけど、怪談《かいだん》を集めにきている園田《そのだ》さんのことを考えると、ちょっとふくざつだった。

できれば、図書室の〈ピアノをひく少女〉みたいに、「不思議だけど害のない怪談」が見つかればいいんだけど……そんなことを思いながら、くつをぬいで、足をふみいれると、

ポーン……ポーン……ポーン……


ボールのはねる音がして、体育館の前方にある舞台《ぶたい》のほうから、バスケットボールがこちらにむかってバウンドしてくるのが見えた。

ボールはまっすぐにころがって、園田さんの足もとでとまった。

体育館のカギは、ぼくたちがいまあけたばかりなのだから、ぼくたち以外にだれかいる

はずがない。

「これって……」

ボールをひろいあげて、なにかいいたげな目をむけてくる園田《そのだ》さんに、

「たぶん、舞台《ぶたい》の上にのこってたボールが、ドアをあけた振動《しんどう》で、舞台から落ちてころがってきたんじゃないかな……」

ぼくはむりやり理屈《りくつ》をつけながら、入り口のそばにある電気のスイッチを入れた。

薄暗《うすぐら》かった体育館が、パッと明るくなって、さっきまでのぶきみな雰囲気《ふんいき》がずいぶんとましになる。

やっぱり、怪談《かいだん》の舞台に自分たちだけでとびこむのはまずかったかな、と思いながらも、とりあえずノートの怪談をたしかめることにして、ぼくたちは用具室にむかった。

引き戸をあけると、中からマットやとび箱の独特《どくとく》のにおいがあふれだしてくる。

電気をつけて、ノートを片手《かたて》に見てまわったけど、バレーボールのネットはきれいにまるめられていて、なんの視線《しせん》も感じなかったし、一番奥《おく》にまるめられていたマットをひろげてみても、ほこりがまいあがるだけで、血のあとらしきものは見られなかった。

「ゴールの下もかくにんする？」

「うーん……」

園田《そのだ》さんの言葉にぼくはまよった。

たしかに、ミニバス部のことを考えるなら、一番たしかめないといけない場所なんだけど、本当に女の人が落ちてきたらと思うと、ちょっと怖《こわ》かったのだ。

「とりあえず、あとまわしにしよう」

そういって、ぼくは舞台《ぶたい》のほうにむかった。

ノートにも書かれていたように、舞台は床《ゆか》から一メートルぐらいの高さがあって、その下にはパイプいすや、そのいすをはこぶための台車が収納《しゅうのう》されている。

ぼくはとっ手に手をかけてひっぱった。引きだしはすごく重くて、中に入った状態《じょうたい》でこれを閉《し》められたら、ただではすまないだろう。

「ねえ、これ見て」

園田さんがぼくを手まねきして、引きだしの内側《うちがわ》にはってある説明書を指さした。

それによると、この引きだしは事故防止《じこぼうし》のため、レールの奥《おく》に人や物があった場合、ぜったいに閉まらないようにできているらしい。

これなら、中に人がかくれていても、つぶされることはない。

つまり、『赤い子ども』のような事故《じこ》はぜったいに起きないということだ。

「でも、もしかしたら、事故が起きてからこういう機能《きのう》を追加《ついか》したのかも……」

園田《そのだ》さんはそうつぶやくと、そのとなり――舞台《ぶたい》にむかって一番右端《みぎはし》にある引きだしに手をかけた。

だけど、重いのか、なかなか開かない。

「てつだおうか」

ぼくが手をのばしかけたとき、バンッ、と大きな音とともに板がはずれて、園田さんがうしろむきにひっくりかえった。

「だいじょうぶ？」

あわててかけよると、

「わたしはだいじょうぶだけど……」

園田さんは眉《まゆ》をハの字にして、舞台を指さした。

「だいじょうぶだよ。かんたんにはずれるっていうことは、もとにもどすのもかんたんに……あれ？」

舞台《ぶたい》の下をのぞきこんだぼくは、思わず大きな声をあげた。

「え？　なにこれ？」

となりからのぞきこんだ園田《そのだ》さんも、少しおびえたような声をあげる。

板のむこうには、いすの入った引きだしではなく、コンクリートでできた階段《かいだん》が、地下にむかってつづいていたのだ。

「まさか、地下のかくし部屋？」

不安半分、好奇心《こうきしん》半分といった口調で、園田さんがいったとき、ぼくたちのそばを、

さっきのバスケットボールがころがって、そのまま暗がりの中にすいこまれていった。

ポーン、ポーンとはずみながら、階段《かいだん》の奥《おく》に消えていく。

「……落ちちゃったね」

園田《そのだ》さんがつぶやく。

ぼくは暗がりの奥《おく》に目をこらしたけど、体育館の明かりは、階段のとちゅうまでしかとどいていない。

だけど、ボールをそのままにしておくわけにもいかなかった。

「とってくるから、ここで待ってて」

ぼくがそういうと、

「わたしもいく」

園田さんはノートをにぎりしめて、まっすぐにぼくを見た。

ちょっと考えてから、ぼくは「わかった」とうなずいて、ある準備《じゅんび》をしてから、腰《こし》をかがめて足をふみだした。

「気をつけて」

園田《そのだ》さんに声をかけながら、せまい階段《かいだん》をゆっくりとおりる。

ちょうど十段までかぞえたところで、一番下にたどりついたけど、近くにボールは見あたらない。

暗闇《くらやみ》に目をならしながら、手さぐりでさがしていると、

「浩介《こうすけ》くん」

園田さんがささやくような声でぼくをよんだ。

「ここ……ドアがあるみたい」

「え？」

ぼくは園田さんのそばに近づいて、かべに手をあてた。たしかにドアがある。しかも、むこう側《がわ》にわずかにあいていた。

どうやら、地下室があるようだ。

ぼくはドアをおしあけてそっと足をふみいれると、すぐ横の壁《かべ》にあった電気のスイッチを入れた。

カチッと音がして、視界《しかい》が光につつまれる。

そこは、コンクリートにかこまれた灰色《はいいろ》の部屋だった。

教室をひとまわりかふたまわり小さくしたぐらいの正方形で、奥《おく》に古い机《つくえ》やいすがつみあげられている以外、なにもない殺風景な部屋だ。

天井《てんじょう》では蛍光灯《けいこうとう》が、ジジジジジ……と不安定な音をたてている。

「あ、あれ」

園田《そのだ》さんが指さしたほうを見ると、部屋の奥《おく》に、さっきのバスケットボールがころがっていた。

どうしてこんなところまで……と思いながら、ボールをひろいあげたぼくは、部屋をでようとふりかえって、

「え？」

と声をあげた。

半開きにしてあったドアから、ニヤリと笑う顔が一瞬《いっしゅん》のぞいたかと思うと、ドアがゆっくりと閉まっていったのだ。

ぼくはあわてて、ドアのところにかけもどったけど、ドアは大きな音を立てて完全に閉《し》

まった。しかも、内側のカギはこわれているのか、いくらつまみをひねっても、ドアはまったく開かない。

ジジジ……ジ……ジジ……

とつぜん、天井《てんじょう》の蛍光灯《けいこうとう》が、ついたり消えたりをくりかえしはじめた。

「なに？　どうしたの？」

不安そうにぼくの腕《うで》をつかむ園田《そのだ》さんに、ぼくがいま目にしたものを説明しようとしたとき、ジジジッ、といやな音をのこして、電気が完全に消えてしまった。

「きゃっ」

園田さんが短い悲鳴をあげる。

ぼくは、手さぐりで電気のスイッチをさがすと、つけたり消したりをくりかえした。

何度目かに、ようやく電気がついたけど、またすぐに消えたりと、点滅《てんめつ》をくりかえしている。

そんな不安定な明かりの下、ぼくは、園田《そのだ》さんがもってきたノートが落ちていることに気がついて、ひろいあげた。

園田さんにわたそうとして、ふとその手を止める。

ちょうどあいていたページに、『体育館』の文字が見えたのだ。

「もしかして……」

じつはさっきから、肌《はだ》がぴりぴりする感覚がつづいていた。

もし怪談《かいだん》が近づいているのなら、なにか対抗《たいこう》するヒントが書かれているかもしれない
——ぼくはノートを手にとると、

「わたし、こんなの書いたかな……」

ふしぎそうに首をかしげる園田さんといっしょに、ほかのページとは微妙《びみょう》にちがう筆跡《ひっせき》で書かれた話を読みはじめた。

「いーち、にーい、さーん……」

校舎裏《こうしゃうら》の壁《かべ》に手をついて、数をかぞえる和孝《かずたか》の声を背中《せなか》にききながら、ぼくたちはちらばって走りだした。

今日は土曜日。学校は休みだけど、ぼくたちは塾《じゅく》の帰りに、学校に勝手に入りこんで、かくれんぼをしていた。

はじめにさそわれたときは、五年生にもなって、かくれんぼなんて子どもっぽいと思ったけど、

「学校の敷地内《しきちない》で、校舎《こうしゃ》の中以外はどこにかくれてもOK《オーケー》。見つかった人は鬼《おに》になっていっしょにさがす」

というルールがおもしろそうだったので、参加することにしたのだ。

校舎をぐるりとまわりこんだぼくは、体育館のそばで足を止めた。

体育館は、先週から改修《かいしゅう》工事をしていて、立ち入り禁止《きんし》のテープがはられてるんだけど、今日は工事が休みなのか、だれもいない。

テープをくぐって、ためしにドアをおしてみると、両開きのドアはかんたんにあいた。

だけど、いざ入ってみると、体育館の中はがらんとしていて、かくれる場所がない。

どうしようかと思って、あちこちさがしていると、舞台《ぶたい》の下、いすが収納《しゅうのう》されているスペースの、一番はしの板がはずれることに気がついた。

中をのぞきこむと、どうやら地下にむかって、階段《かいだん》がつづいてるみたいだ。

足もとに注意しながら下までおりてみると、地下室が見つかった。

奥《おく》に机《つくえ》といすがつみあげられている以外、なにもない、殺風景な部屋だ。

こんなところに地下室があったんだ、と思っていると、だれかが階段をおりてくる気配がした。

(やばい。みつかる)

ぼくはいそいで部屋の電気を消すと、机のかげにかくれて、息をひそめた。

ガチャッとドアが開いて、またすぐに閉《し》まる。

どうやら、見つからなかったみたいだ。

ホッとして、机のかげからでると、ぼくは電気をつけた。

そして、ふといやな予感《よかん》が背中《せなか》にはしった。

かくれんぼの鬼《おに》がさがしにきたのなら、いないかもしれないとは思っても、いちおう声をかけるんじゃないだろうか。

ぼくはおそるおそるドアノブに手をかけて——サッと血《ち》の気《け》が引いた。

ドアには、カギがかけられていたのだ。

もしかしたら、工事の人がかけわすれていたカギを閉めにきたのかもしれない。

しかも、内側のカギはこわれているのか、いくらつまみをひねってもドアは開かなかった。

ぼくは、ドアを思いきりたたいた。

バン、バン、と大きな音はするけど、外からはなんの音もかえってこない。

もし、あの板までもどされていたら、かくれんぼをしているみんなに見つけてもらうのは絶望的《ぜつぼうてき》だ。

「おーい！　だれかー！」

ぼくは声のかぎりにさけびながら、ドアをたたいた。

すると、ジジジ……と音を立てていた蛍光灯《けいこうとう》が、とつぜん消えた。

まっ暗な中、息苦しさを感じながら、ぼくはなんどもなんどもドアをたたいた。

手から血が流れて、声がかすれる。

それでもぼくは、ドアをたたいて、さけびつづけた。

そして、とつぜん胸《むね》に痛《いた》みを感じたぼくは、その場にうずくまって――


「――あれ？」

ノートはここで、とうとつに終わっていた。

「この子、どうなったんだろう……」

園田《そのだ》さんが心配そうにつぶやく。

ふつうなら、この話がつたわっている以上《いじょう》、この「ぼく」は助かってるはずなんだけど、本物の怪談《かいだん》では、その理屈《りくつ》は通用しない。

「夜になっても……」

とつぜん、どこからかしわがれた声がきこえてきて、ぼくたちはとびあがった。

園田さんが、ぼくの肩《かた》ごしに視線《しせん》をむけて、目を大きく見開く。

ふりかえると、そこには同い年ぐらいの男の子が立っていた。

顔はまっ白で、両手から血を流してる。

男の子は、まるでさけびつづけてのどがかれたような声でつづけた。

「夜になっても帰らない『ぼく』を心配した家族や友だちが、学校中をさがしてくれたけど、結局ぼくが見つかったのは休みがあけて、工事が再開《さいかい》してからだった。工事の人が地下室をあけると、閉《と》じこめられた恐怖《きょうふ》にたえられなかったぼくの心臓《しんぞう》は、とっくに止まっていたんだ。だから……」

点滅《てんめつ》する蛍光灯《けいこうとう》の下、男の子はニッと笑った。

「ボクハ、ココデシンダンダ」

ぼくは園田《そのだ》さんの手をとって、走りだした。

だけど、せまい部屋の中で、にげ場なんかどこにもない。

「ずっとさびしかったんだ。ともだちになろうよ……」

男の子は、こちらに手をのばしながら近づいてくる。

「ごめんね」

かべにそってにげながら、ぼくは園田《そのだ》さんにいった。

「ぼくが、怪談《かいだん》の調査《ちょうさ》にさそったりしたから」

「だいじょうぶ」

園田さんがこわばった顔でほほえむ。

「帰りがおそくなったら、お母さんたちも心配するだろうし……それに、校長先生は、わたしたちが体育館にいることを知ってるでしょ？」

ぼくは言葉につまった。

さっき、ドアが閉《し》まる直前に目にした、ドアの外でにやりと笑っていた顔――あれはたしかに校長先生だった。

考えてみれば、一番にはじめに『傘女《かさおんな》』の話をぼくにしたのは校長先生だったし、今日、体育館を調べてみないかと提案《ていあん》したのも――。

ぼくはポケットからお守りをとりだした。

この間、小さなかげにおそわれて、助けてもらったとき、

「たぶん、役に立つときがくるから」

といって、山岸《やまぎし》さんが帰りぎわにわたしてくれたのだ。

以前、やっぱりお守りをわたされたときは、発信機になっていて、にぎりしめたら山岸さんがかけつけてくれた。

だけど、さっきからポケットの中で何度もにぎりしめてるんだけど、だれもかけつけてくる気配はない。

もしかしたら、地下室からはつながらないのかも……そんなふうに思っていると、遠くのほうから、下校のチャイムがかすかにきこえてきた。

ぼくはお守りを手にしたまま、ドアを思いきりたたいた。

「おーい！　だれかー！」

「むだだよ」

うしろから、かすれた声が近づいてくる。

その手が、ぼくの肩《かた》にかかり、目を閉《と》じた瞬間《しゅんかん》、カチャリと音がして、

「だいじょうぶか？」

開いたドアから、慎之介《しんのすけ》が顔をだした。

階段《かいだん》をのぼりきったぼくは、体育館の床《ゆか》に大の字になると、大きく息をはきだした。

「助かったよ。ありがとう」

ねころがったまま、慎之介《しんのすけ》に礼をいう。

「まあ、これがあったからな」

慎之介は、てれたように頭をかいて、床を指さした。

そこには、蛍光《けいこう》ペンで、小さく矢印《やじるし》と〈この下〉という文字が書いてあった。

地下におりる前に、念《ねん》のためぼくが書いておいたのだ。

じつは、昼間の時点で、校長先生の態度《たいど》に少し疑問《ぎもん》を感じていたぼくは、慎之介に、調《ちょう》査《さ》に参加しないかわりに、下校時刻《じこく》になってもれんらくがなかったら、体育館を見にきてほしいとたのんであった。

きっかけは、

「山岸《やまぎし》さんの助手《じょしゅ》をやってるんだってね」

というせりふだった。

ぼくが山岸《やまぎし》さんのとなりに住んでいることは知っていても、その仕事をてつだってることまで知っている人は少ない。

たぶん、学校では園田《そのだ》さんと慎之介《しんのすけ》くらいだし、ふたりが校長先生にそんな話をしたとは思えない。

それで、もしかしたら校長先生はなにか事情《じじょう》を知っていて、それをかくしてるんじゃないかと思ったので、体育館を調べてほしいといわれたとき、保険《ほけん》をかけておくことにしたのだ。

「それで、園田は？」

「え？」

慎之介の言葉に、ぼくははじかれたようにふりかえった。

そのときになって、園田さんがいないことに気がついたのだ。

ぼくはころがるように階段《かいだん》をかけおりて、地下室にとびこんだ。

だけど、そこに園田さんの姿《すがた》はなく、ただ部屋のまん中にノートだけが、開かれた状態《じょうたい》でぽつんとのこされているだけだった。

ノートには、まっ赤な文字でこう書かれてあった。


『校長室にて待つ』


ノートを手に、慎之介《しんのすけ》のもとへともどったぼくは、体育館に入ってからのことを順を追って説明した。

「校長先生が……」

話をきいて、慎之介もおどろいたようにつぶやいた。

「いまの校長先生って、今年で何年目？」

「二年目だけど、べつにおかしな感じはしなかったけどな……」

ぼくの問いに答えて、慎之介は首をひねった。

だったら一時的に何者か――おそらく、かげ男が、校長先生にとりついているのだろう。

「どうするんだよ」

ノートを前に、慎之介《しんのすけ》がきく。

「きまってるだろ」

ぼくはくちびるをかんで、慎之介を見つめた。

「校長室にいってくる」

もとはといえば、ぼくのせいで園田《そのだ》さんはさらわれたのだ。

体育館をでようとして、ぼくはふと足を止めた。

「あ、そうだ。慎之介、お茶かお水、もってない？」

「水ならもってるけど……」

ぼくは、慎之介からペットボトルの水をうけとると、階段《かいだん》をおりて、地下室のまん中に置いた。

さっき、園田さんと地下室にとじこめられたとき、ふたりだし、慎之介がくると信じていたけど、それでもすごく怖《こわ》かった。

これが、もしひとりぼっちで、しかも助けがくるかもわからない状態《じょうたい》だったとしたら……きっと、想像《そうぞう》もできないくらい不安で、恐《おそ》ろしかっただろう。

ぼくは水を前に手をあわせると、階段《かいだん》をあがって、慎之介《しんのすけ》の肩《かた》をたたいた。

「さあ、いこう」

六　学校の怪談《かいだん》大集合

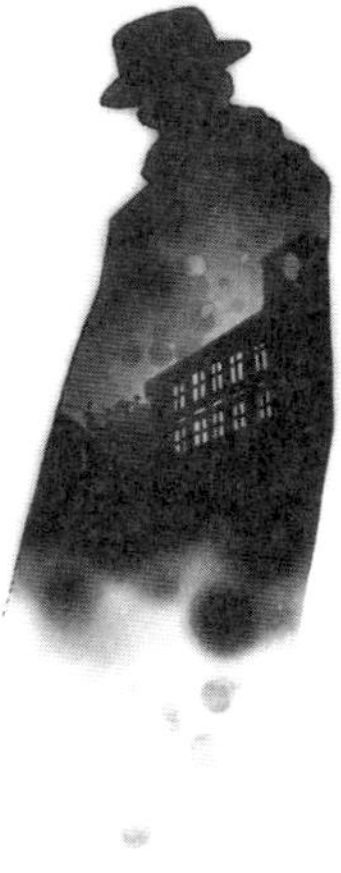

体育館をでると、空はすっかりうす闇《やみ》につつまれていた。

頭の上では、月がぼんやりと光っている。

ふたりとも校長室にいってしまうと、つかまったときの保険《ほけん》がないので、慎之介《しんのすけ》にはノートをあずけて、秘書《ひしょ》さんへの連絡《れんらく》をたのんで、ぼくはひとりで校長室へとむかった。

だれもいないろう下に、ぼくの足音だけがひびく。

胸《むね》に手をあてて、大きく深呼吸《しんこきゅう》してから、ぼくは校長室のドアをノックした。

「どうぞ」

中から声がして、ぼくは部屋に入った。

校長室に入るのは、母さんといっしょに転入のあいさつにきたとき以来だ。

壁《かべ》には歴代《れきだい》の校長先生の写真が額《がく》に入れてかざってあって、部屋のすみには背《せ》の高い柱時計が、カチ、カチ、とふり子をゆらしている。

電気が消えたままの、うす暗い部屋の中、よりいっそう暗い闇《やみ》のような人かげが、どこからともなく目の前にあらわれた。

校長先生ではない。黒い帽子《ぼうし》に黒いコート姿《すがた》の、かげ男だ。

「いらっしゃい」

かげ男は、大きな窓《まど》を背《せ》にしていった。

「園田《そのだ》さんは？」

ぼくが怒《いか》りをこめてきくと、

「心配しなくても、ゆっくり休んでもらってるよ」

かげ男は、笑いをふくんだような声でいった。

ぼくはぐっと両手をにぎりしめていった。

「どうして園田さんを……」

「ねらいはきみだったんだけどね——」

かげ男は、ふと言葉をとぎらせて、するどい目つきをぼくの右のポケットにむけた。

「そこに、なにが入ってるんだい？」

ぼくはポケットからお守りをとりだして、ギュッと強くにぎりしめた。

「悪いけど、学校には結界をはらせてもらってるからね」

かげ男はよゆうの笑《え》みをうかべていった。

「外の世界と連絡《れんらく》をとるのは、むずかしいと思うよ。ただ、きみに直接《ちょくせつ》手をだすと、いろいろとやっかいだから、できればきみには自主的に、ぼくに協力してほしいんだ」

「協力？」

「うん。そんなにむずかしいことじゃないよ。とりあえずは……そうだな。あいつがどこに出張《しゅっちょう》しているのか、その行き先を教えてもらおうかな」

「ぼくに、スパイをしろっていうんですか？」

ぼくは眉《まゆ》をひそめた。だけど、かげ男はすずしい顔で、

「どうしたんだい？　きみだって、好きで彼《かれ》のてつだいをしているわけじゃないだろ？　ぼくに協力してくれれば、お友だちも無事にもどるし、きみたちは平和な学校生活が送れ

るんだよ」

といった。

たしかに、ぼくをなかばおどすようにして自分の仕事をてつだわせているという点では、山岸《やまぎし》さんもかげ男もあまり変わりはないのかもしれない。

だけど——。

「山岸さんは、ぼくの友だちを人質《ひとじち》にするようなことはしない」

ぼくはまっすぐにかげ男をにらみつけた。

かげ男は、一瞬《いっしゅん》、笑顔を消してぼくをにらみかえすと、またすぐに笑《え》みをうかべて、

「それじゃあ、しかたない。自主的じゃないのは残念《ざんねん》だけど、無理やりにでもてつだってもらおうか……」

迫力《はくりょく》のある声でそういいながら、こちらに近づいてきた。

ぼくはあとずさりしながら、考えた。

傘女《かさおんな》のときは園田《そのだ》さんに、黒い子どものときは山岸さんに、体育館では慎之介《しんのすけ》に助けてもらっているのだ。

ここはなんとか自分の力できりぬけたい。
だけど、園田《そのだ》さんがどこにいるのかもわからないし、どうすればいいんだろう、と思っていると、

コン、コン、コン

ドアからノックの音がきこえてきた。
かげ男にとっても予想外のできごとだったらしく、とまどう気配がつたわってくる。
そのまましばらく待っていると、

「あーそーぼー」

ドアのむこうで、か細い女の子の声がした。
その、どこかききおぼえのある声に、え？　と思っていると、ドアが、ギギ——、とあ

いて、ぼくは目を丸くした。

そこに立っていたのは、保健室のあの女の子だったのだ。

彼女《かのじょ》がどうしてここにいるのかはわからなかったけど、とにかく、ドアがあいたのはチャンスだった。

ぼくは床《ゆか》をけって、ドアにむかって走りだした。

「待て！」

かげ男の声がするけど、追いかけてくる気配はない。

部屋をでる直前にチラッとふりかえると、写真からぬけだしてきた歴代《れきだい》の校長先生が、わらわらとかげ男にまとわりついてじゃまをしていた。

ぼくは女の子のあとについて、ろう下を走った。

「女の子なら、わたしのベッドでねてるわよ」

保健室の女の子は、走りながらいった。

「きみは、いったいだれなの？」

「わたし？　わたしは花子《はなこ》さん」

女の子――花子《はなこ》さんはそういって、フフッと笑った。

「花子さんは、トイレにだけあらわれるとはかぎらないのよ」

「どうしてぼくを助けてくれたの？」

ぼくがたずねると、

「たのまれたから」

花子さんは答えた。

「たのまれたって、だれに？」

「体育館の男の子。『水をありがとう』っていってたよ。それに……」

花子さんは保健室の前で足をとめると、肩《かた》をすくめていった。

「あいつ、きらいなの」

「あいつって……さっきの男のこと？」

花子さんはうなずいて、

「あいつは、わたしたち――学校の怪談《かいだん》を、自分の思い通りにしたがわせようとするから」

そういうと、保健室のドアをあけた。

部屋に入ってカーテンを開くと、ベッドの上で、園田《そのだ》さんがすやすやとねむっていた。

「わたしがてつだえるのは、ここまでよ」

花子《はなこ》さんはにっこり笑って、部屋をでていった。

「ありがとう！」

ぼくは、そのうしろ姿《すがた》に声をかけると、園田さんの肩《かた》をつかんでゆさぶった。

「園田さん、だいじょうぶ？」

「……ん？　あれ、浩介《こうすけ》くん。こんなところで、なにしてるの？」

ぼくは簡単《かんたん》に、いままでの状況《じょうきょう》を説明した。

園田さんは、地下室のドアがあいたところまではおぼえてるけど、そこから急に記憶《きおく》がなくなって、気がついたら保健室のベッドにいたのだそうだ。

「とりあえず、ここをでよう」

ぼくは園田さんの手を引いて、保健室をとびだした。

校舎《こうしゃ》の出口をめざして、ろう下を走る。

だけど、いくら走っても、あらたなまがり角がでてくるばかりで、出口にはなかなかたどりつけなかった。

まるで、無限《むげん》につづく迷路《めいろ》にまよいこんだみたいだ。

いくつめかの角をまがったところで、さすがに息が切れて足をとめると、

「浩介《こうすけ》くん……」

園田《そのだ》さんが不安そうに声をふるわせて、まわりを見まわした。

「わたしたち、どうしてろう下からでられないの？」

教室の窓《まど》からは中が見えるし、反対側の窓からは校庭の様子が見える。

だけど、どこにも人かげはないし、窓もドアもまったく開かない。

「たぶん、かげ男の結界のせいだと思う」

そういってから、ぼくはふとお守りのことを思いだした。

なんだか、以前もらったものよりも、手ざわりがかたいような気がしたのだ。

袋《ふくろ》のひもをほどいてあけてみると、中に入っていたのは、長方形の小さな鏡《かがみ》だった。

ぼくは、園田《そのだ》さんのノートにのっていた、無限階段《むげんかいだん》の話を思いだした。

あの話ではたしか、鏡には真実をうつす力があると書いてあったはずだ。

ぼくは鏡を顔の高さにかかげて、うしろをうつしてみた。
すると、ろう下のむこうに、さっきまでとはちがう方向にまがる角が見えた。
ぼくと園田さんは手をつないで、鏡を見ながらゆっくりとうしろに進んだ。
そのまま角をまがり、さらに進む。
すると、鏡の奥《おく》に、出口らしきものが小さく見えてきた。
ぼくたちは目をはなさないように注意しながら、ろう下をうしろむきに進んだ。
そして、ついに出口にたどりついて、ふり返ると——。
「あっ！」
ぼくたちの目の前に、思いもよらない人が立っていた。

校舎《こうしゃ》をでると、月は雲にかくれ、あたりは紫色《むらさきいろ》の闇《やみ》につつまれていた。
手をしっかりとつないで、まっすぐ校門にむかおうとしたぼくは、人気《ひとけ》のない校庭のまん中で足を止めた。

むこうから、かげ男がゆっくりと近づいてくるのが見えたのだ。

そのうしろでは、地面から生《は》えた何十本もの白い手が、こちらにむかっておいでおいでをしている。

第二コーナー以外からでてきているところを見ると、おそらくかげ男にあやつられているのだろう。

「なかなかやるじゃないか」

かげ男は、おもしろがるような口調でいった。

「まさか、あのろう下からぬけだすとはね。でも、悪いけど、ここから先は通すわけにはいかないよ」

その言葉にこたえるように、白い手がわらわらとゆれる。

「きみが協力してくれるなら、お友だちには危害《きがい》はくわえないと約束するよ」

かげ男はそういいながら、一歩一歩近づいてきた。

つまり、協力しなければ危害をくわえるということだ。

ぼくはつないだ手に力をこめて、うしろにかばうように一歩前にでると、かげ男をにらみつけた。

かげ男はよゆうの笑《え》みをうかべながら、ぼくたちに手をのばそうとして、ふと目を細めた。

「おまえ、だれだ？」

かげ男のせりふに、ぼくのうしろから、手をつないでいた女の子――傘女《かさおんな》が、ひょいと顔をだした。

「いつのまに……」

かげ男がくやしそうにぼくたちをにらむ。傘女はほほえみをうかべながら、次の瞬間《しゅんかん》、空気にとけるように消えていった。

校舎《こうしゃ》の出口に彼女《かのじょ》があらわれたときはおどろいたけど、彼女も花子《はなこ》さん同様、かげ男のやり方に腹《はら》をたてていたので、なにかてつだえることはないかといってきたのだ。

そこで、ちょうど園田さんと服装《ふくそう》や背《せ》かっこうがにていたことから、園田さんのふりをしてもらったのだった。

本物の園田さんは、校舎《こうしゃ》のうらを通ってにげているので、いまごろ校門にたどりついているはずだ、と思っていると、

「きゃっ！」

校門のほうから、おどろいたような女の子の悲鳴《ひめい》がきこえてきた。

顔色を変えたぼくを見て、かげ男が不敵《ふてき》な笑《え》みをうかべる。

「結界をはってるといっただろう。そうかんたんにはぬけだせないよ」

ぼくはくちびるをかみながらあとずさろうとして……その足を止めた。

いつのまにか、ぼくのうしろにも白い手が壁《かべ》をつくっていたのだ。

「おまえの目的はなんなんだ」

ぼくは足をふんばりながら、勇気をだして、かげ男に問いただした。

「目的？」

かげ男は片方《かたほう》の眉《まゆ》をあげて、ニヤリと笑った。

「そうだな……まあ、しいていえば、楽しむためかな」

「楽しむため？」

「ああ。こっちの世界で、〈人間〉たちと、もっと楽しく遊びたいんだよ」

かげ男はそういうと、背《せ》すじがゾッとするような、つめたい笑みをうかべた。

「だけど、それがぼくや山岸《やまぎし》さんとどういう関係が……」

「あいつのつくっている本があれば、あっちの世界から、友だちをたくさん呼《よ》ぶことができるからね」

まさか、あの本にそんな力が……ぼくがおどろきでかたまっていると、

「そのときに、きみみたいな子が協力してくれれば、すごく助かるんだけどな」

かげ男がぼくにむかって、ふたたび黒くて長い手をのばしてきた。

「だいじょうぶ。べつに命までとろうというわけじゃ……」

その手がぼくにとどく寸前《すんぜん》、かげ男の顔からとつぜん笑みが消え、おどろきの表情《ひょうじょう》に変わった。

え？　と思ってよく見ると、地面からのびた白い手が、かげ男の手をしっかりとつかんでいた。

「ぐぐ……」

かげ男が顔をしかめて、手をふりはらおうとするけど、白い手はじょじょにその数をふやしていく。

パチパチパチ……


とつぜん、拍手《はくしゅ》の音が夜の校庭にひびいた。

かげ男のうしろ、校門の方向からゆっくりと近づいてくるのは——山岸《やまぎし》さんだった。

そのうしろには、園田《そのだ》さんと慎之介《しんのすけ》の姿《すがた》も見える。

「たいしたものだね」

肩《かた》に黒ネコをのせた山岸さんは、拍手をしながらいった。

「ぼくがいなくても、ちゃんとたたかえてるじゃないか」

「おまえ、どうやって……」

かげ男が、あぜんとした顔で山岸さんを見る。

「以前、結界をやぶる方法は教えたよね」

山岸さんはかげ男を無視《むし》して、ぼくにむかって語りかけた。

「中にいる者にまねかれるか、強い術《じゅつ》で無理やりやぶるか……ただし、無理やりやぶったら、中にいる者にばれてしまう」

「そうだ。だから、おまえはまだ気づいてないものだと……」

かげ男のしぼりだすような声に、

「だけど、じつは第三の方法があるんだ」

山岸《やまぎし》さんは、かげ男のほうをチラッと見てからつづけた。

「結界の上から、さらに結界をはればいいんだよ。まあ、時間もかかるし、手間もかかるから、けっこう大変なんだけどね……そうすれば、相手には気づかれずに、結界を自分のものにすることができるんだ」

つまり、この学校は、いまは山岸さんの結界になっているということらしい。

「くそ……子どもひとりのために、おまえがそこまでするというのは、計算外だったな」

かげ男はくやしそうな顔でつぶやいた。

「ぼくの大切な助手《じょしゅ》にちょっかいをだしたりするからだよ」

山岸さんは、見るものをこおりつかせるような目でかげ男をにらみつけると、手を真上にあげて、一気にふりおろした。

それを合図に、白い手が一気にふえて、かげ男のからだをおおいつくす。

「おぼえてろよ」

かげ男はすてぜりふをのこすと、白い手の波にのまれて、そのまま土の中へとしずんでいった。


雲が晴れて、月明かりにてらされた校庭を、ぼくたちは校門へと歩いていた。

白い手はいなくなり、学校はなにごともなかったようにしずまりかえっている。

「学校をでようとしたら、ちょうど門のところに、山岸《やまぎし》さんが立ってたんだ」

慎之介《しんのすけ》がいった。

つまり、ぼくが校長室にむかったときには、山岸さんはすでに学校に到着《とうちゃく》していたということになる。

「だったら、もう少し早く助けにきてくれても……」

ぼくが文句《もんく》をいうと、

「結界の上から結界をはるのは、時間もかかるし、なかなか大変なんだよ」

山岸《やまぎし》さんはすずしい顔でいった。

校舎《こうしゃ》のうらをぬけて、校門にたどりついた園田《そのだ》さんは、真剣《しんけん》な顔でなにか呪文《じゅもん》らしきものをとなえている山岸さんの姿《すがた》を見て、思わず悲鳴をあげてしまったらしい。

着物のたもとに両手を入れて歩く山岸さんの横顔を、ぼくはじっと見あげた。

かげ男のいうとおりだとすると、山岸さんが完成させようとしている本は、あの世のものたちをよびよせるためのものということになるんだけど……。

「ん？　どうかしたのかい？」

ぼくの視線《しせん》に気づいて、山岸さんがいった。

ぼくはちょっと考えてから、首をふった。

「いえ……なんでもありません」

いままで何度も、山岸さんのせいで危険《きけん》な目にあってきたけど、少なくとも、かげ男のように人や怪談《かいだん》を粗末《そまつ》にあつかうようなことはなかった。

とにかく、ぼくは山岸さんを信じよう——そう決心して、校門を一歩でたところで、園《その》田《だ》さんがとつぜん足を止めて、山岸《やまぎし》さんに七不思議のノートをさしだした。

「あの……これ、どうぞ」

「どうしたの？」

山岸さんが首をかしげる。

「学校の怪談《かいだん》を調査《ちょうさ》したノートなんですけど、わたし、ちょっと怖《こわ》くなってきちゃって
……よかったらお仕事につかってください」

「なるほど……」

ノートをうけとって、その場でパラパラとめくった山岸さんは、

「おや」

と声をあげて、ノートの中ほどで手を止めた。

「下校時刻《じこく》をすぎた学校のろう下を、理科室《りかしつ》のガイコツが、たりない骨《ほね》をさがして歩きまわっている……これって、ちょうどいまぐらいの時間じゃないのかな」

そういって、なぜかぼくのほうをふりかえる。

「そういえば、浩介《こうすけ》くん、怪談の情報《じょうほう》を提供《ていきょう》してくれるっていってたよね」

「いや、それは……」

ぼくはさっき決心したこともわすれて、じりじりときょりをとった。

「いまから、さっそく調査《ちょうさ》にいこうと思うんだけど、学校を案内してもらっても……」

にこにこしながら手をのばしてくる山岸《やまぎし》さんに、

「あの、やっぱりぼく、かぜがなおりきってないので、いまから病院に……」

ぼくはみんなの笑い声を背中《せなか》にききながら、月あかりにてらされた道を走りだした。

次回予告

「よみがえる怪談《かいだん》 灰色《はいいろ》の本（仮題）」

「本の怪談」は終わっていなかった。

お墓《はか》の前にわすれられていた一冊《さつ》の本。

『灰色の本』と題されたその本を手にとったときから、彼女《かのじょ》は怪談の世界にまきこまれていく……。今度の舞台《ぶたい》は？ そして、山岸《やまぎし》さんとの関係は？

「怪談収集家」シリーズ四巻の前に、次回は「本の怪談」の新刊をおとどけします。

緑川聖司（みどりかわ　せいじ）
『晴れた日は図書館へいこう』で日本児童文学者協会長編児童文学新人賞佳作を受賞し、デビュー。作品に『ついてくる怪談　黒い本』などの「本の怪談」シリーズ、「晴れた日は図書館へいこう」シリーズ、『福まねき寺にいらっしゃい』（以上ポプラ社）、『霊感少女』（KADOKAWA）などがあり、近刊に『怪談いろはカルタ』（集英社みらい文庫）がある。大阪府在住。

竹岡美穂（たけおか　みほ）
人気のフリーイラストレーター。おもな挿絵作品に「文学少女」シリーズ、「吸血鬼になったキミは永遠の愛をはじめる」シリーズ（ともにエンターブレイン）、緑川氏とのコンビでは「本の怪談」シリーズがある。埼玉県在住。

2016年 12月　第 1 刷　　2017年 9 月　第 2 刷

ポプラポケット文庫077-15

怪談収集家《かいだんしゅうしゅうか》 山岸良介《やまぎしりょうすけ》と学校《がっこう》の怪談《かいだん》

作　**緑川聖司**
絵　**竹岡美穂**
発行者　長谷川 均
発行所　株式会社ポプラ社
東京都新宿区大京町22-1　〒160-8565
振替　00140-3-149271
電話（編集）03-3357-2216
（営業）03-3357-2212
インターネットホームページ www.poplar.co.jp
印刷　岩城印刷株式会社
製本　大和製本株式会社
Designed by 荻窪裕司

ISBN978-4-591-15291-1　N.D.C.913　190p　18cm

落丁本・乱丁本は送料小社負担でお取り替えいたします。
小社製作部宛にご連絡下さい。電話0120-666-553
受付時間は月～金曜日、9:00～17:00（祝日・休日は除く）
読者の皆さまからのお便りをお待ちしております。
いただいたお便りは、編集部から著者へお渡しいたします。

みなさんとともに明るい未来を

一九七六年、ポプラ社は日本の未来ある少年少女のみなさんのしなやかな成長を希《ねが》って、「ポプラ社文庫」を刊行しました。

二十世紀から二十一世紀へ――この世紀に亘《わた》る激動の三十年間に、ポプラ社文庫は、みなさんの圧倒的な支持をいただき、発行された本は、八五一点。刊行された本は、何と四千万冊に及びました。このことはみなさんが一生懸命《いっしょうけんめい》本を読んでくださったという証左《あかし》でもあります。

しかしこの三十年間に世界はもとよりみなさんをとりまく状況も一変しました。地球温暖化による環境破壊、大地震、大津波、それに悲しい戦争もありました。多くの若いみなさんのかけがえのない生命も無惨《むざん》にうばわれました。そしていまだに続く、戦争や無差別テロ、病気や飢餓《きが》……、ほんとうに悲しいことばかりです。

でも決してあきらめてはいけないのです。誰もがさわやかに明るく生きられる社会を、世界をつくり得る、限りない知恵と勇気がみなさんにはあるのですから。

――若者が本を読まない国に未来はないと言います。

創立六十周年を迎えんとするこの年に、ポプラ社は新たに強力な執筆者《しっぴつしゃ》と志《こころざし》を同じくするすべての関係者のご支援をいただき、「ポプラポケット文庫」を創刊いたします。

二〇〇五年十月

株式会社ポプラ社